AS INICIAIS

BERNARDO CARVALHO

AS INICIAIS

Romance

COMPANHIA DAS LETRAS

Copyright © 1999 by Bernardo Carvalho

Capa:
Silvia Ribeiro
sobre *Three hybrids*, escultura de Stephan Balkenhol
(Hirshhorn Museum and Sculpture Garden,
Smithsonian Institution, Joseph H.
Hirshhorn Bequest Fund, 1995)

Preparação:
Márcia Copola

Revisão:
Ana Maria Álvares
Eliana Antonioli

Dados Internacionais de Catalogação na Publicação (CIP)
(Câmara Brasileira do Livro, SP, Brasil)

Carvalho, Bernardo
  As iniciais : romance / Bernardo Carvalho. — São
Paulo : Companhia das Letras, 1999.

ISBN 85-7164-930-8

1. Romance brasileiro I. Título.

99-3359   CDD-869.935

Índices para catálogo sistemático:
1. Romances : Século 20 : Literatura brasileira 869.935
1. Século 20 : Romances : Literatura brasileira 869.935

1999

Todos os direitos desta edição reservados à
EDITORA SCHWARCZ LTDA.
Rua Bandeira Paulista, 702, cj. 72
04532-002 — São Paulo — SP
Telefone: (011) 866-0801
Fax: (011) 866-0814
e-mail: editora@companhiadasletras.com.br

Para A. e D.,
quem quer que sejam

A.

Em agosto de 19..., quando P. estava deserta e fazia um calor de matar, liguei para o jornal em que eu trabalhava na época, como correspondente, e disse que estava saindo de férias. Não me lembro se tive de convencê-los ou apenas lhes comuniquei. Não estava fazendo nada. Não iam perder nada. O mundo tinha parado, eu disse. Garanti que não havia a menor chance de alguma coisa acontecer. Fazia semanas que não mandava uma matéria sequer que valesse a pena depois de o presidente ter convocado uma coletiva extraordinária, num sábado de manhã, para anunciar que seu país estava entrando em guerra, ou pelo menos manifestando a disposição para tanto, na cola de seus aliados, a última coisa importante de que eu tivera notícia. A decisão já era esperada, mas não naquele momento, quando todo mundo estava fora. Como era manhã de sábado, alguns jornalistas, pegos de surpresa, compareceram à entrevista no palácio presidencial nos trajes em que estavam ao receber a convocatória, de bermuda mesmo, e ninguém fez caso. Nem mesmo depois da coletiva, quando passaram ao salão adjacente para confraternizar e conversar amenidades com o presidente muito simpático e à vontade, só que de terno, diante de um bufê de sanduíches e refrigerantes. As bombas cairiam do outro lado do mundo, no deserto. Ali não havia a menor chance de alguma coisa acontecer. Me lembro do exato instante em que finalmente entendi que, como os outros no mês de agosto, eu também tinha de sair da cidade, sentado no ponto de ônibus pela manhã, sozinho, sem avistar um único carro na rua, muito menos um ônibus, a esperar o que nunca vinha, com a edição minguada de um jornal local aberta diante dos olhos à procura de uma pauta interessante. De nada adiantava ficar na cidade quando todo mundo tinha ido embora. Tudo estava fechado. As ruas estavam vazias, como numa cidade evacuada, embora as bombas só fossem cair do outro lado do mundo e alguns meses depois.

Comprei uma passagem de ida e volta até R. A idéia era ficar por uma semana com C. no palácio renascentista onde morava graças a uma bolsa de dois anos — que recebera para escrever um livro, embora desde que metera os pés ali não tivesse conseguido terminar uma única linha — e depois viajar com ele até E., onde M., H. e G. já nos esperavam alojados numa igreja rústica do século XVII transformada em casa de verão por T. sob o pretexto de que criava um "centro cultural". Na verdade, a igreja estava quase em ruínas quando T., que eu não conhecia, propôs às autoridades de E. alugá-la por vinte anos a um preço irrisório com a condição não só de restaurá-la mas de fazer um "refúgio de artistas" do diminuto mosteiro isolado e havia anos abandonado no alto de um morro pedregoso com vista para o mar. Sob esse pretexto, convidava os amigos que lá se hospedavam, os "artistas", a deixar algum registro de suas passagens numa revista que publicava de ano em ano. Uns escreviam pequenas prosas ou poemas. Quem sabia desenhar, desenhava. Outros apenas fotografavam detalhes da sacristia onde tinham dormido ou do claustro ou mesmo da nave onde, como lembranças das noites mais fervorosas e apaixonadas, restavam apenas os poucos objetos inanimados do santuário. E, na falta de algo mais cultural, houve quem tivesse deixado até mesmo uma receita de bolo ou os apontamentos para uma aula de matemática que estava preparando para a semana seguinte.

O texto que eu escrevi e que foi traduzido (a edição era

bilíngüe) por um velho professor da universidade livre de R., pensando antes de lê-lo, e graças ao zelo com que T. editava e promovia a sua revista (nem que fosse só para manter a casa de verão em que tinha convertido o mosteiro), que se tratasse da obra de algum escritor famoso, é hoje um dos poucos vestígios que me restam daqueles dias. Não era um texto autobiográfico, como este, nem mesmo uma impressão da semana que passei ali, mas uma narrativa minúscula, um único parágrafo, que escrevi no meio da noite, à luz de vela no quarto atrás da nave, depois de ter acordado num sobressalto com a premência daquela idéia que aparentemente nada tinha a ver com o lugar, enquanto C. continuava num sono profundo, a resmungar de vez em quando as frases mais desconexas. Era a história de uma mulher que, como um judas involuntário, era levada, pelos homens que a haviam capturado, a um local onde nada poderia fazer para evitar que o amante a reconhecesse e, vindo beijá-la, caísse também nas mãos dos seus algozes.

Quando C. e eu chegamos a E., fazia um sol de rachar. H. e G. já nos esperavam no porto. Foram nos buscar de carro. Me lembro de terem achado graça do comentário sarcástico que fiz ao longo do trajeto entre o porto e o mosteiro, que ficava a uns vinte minutos por uma estrada sinuosa e árida morro acima, impressionado com a forma física e a cor dos dois, que iam no banco da frente, sobre o sucesso que C. e eu, no banco de trás, gordos e brancos ao contrário deles, provavelmente faríamos na praia. Me lembro de ter visto H. e G. ainda no porto, do alto do convés da barca que fazia a travessia entre o continente e a ilha, correspondendo bronzeados ao aceno de C., depois de o terem procurado, protegendo, com as mãos, os olhos do sol, e enfim reconhecido entre os passageiros que se aglomeravam na amurada. Eu só havia encontrado G. uma vez, fazia muito tempo, em P.; ele não podia me reconhecer mesmo. Estava de bermuda, camiseta e sandália. Eu nunca havia encontrado H.; só a conhecia pelas fotos que M. tinha feito dela, em geral fora de foco. Estava com uma saia curta por cima do maiô e óculos escuros redondos. Os cabelos louros encaracolados e curtos ficavam atrás das orelhas. Os dois eram altos e magros. Formavam um belo casal. Deixaram os filhos com os avós no campo. M. não nos esperava no porto. Não estava em condições. Passava as tardes deitado debaixo do mosquiteiro branco na sacristia, escrevendo seu diário interminável, pelo que nos disseram H. e G. durante o trajeto até a igreja de Santa F. Só no final da tarde, quando o sol já estava mais baixo, é que G. o levava de carro para tomar banho numa praia do outro lado da ilha, protegida por uma encosta íngreme de rochas ferruginosas, onde dificilmente podiam ser incomodados ou esbarrar com alguém. Desses passeios que se repetiram diariamente durante toda a semana que passamos na ilha, nem H. nem C. nem eu fazíamos a menor idéia. Eu ficava apenas imaginando G. entrando no mar e saindo com M. nos braços, numa espécie de batismo bíblico, que era a minha fantasia.

 Enquanto vou me lembrando, conforme avanço sem ordem neste texto, penso que, se o submetesse a C., com certeza me reprovaria o tom, diria que é obsceno, que estou escrevendo à maneira de M., com todas essas iniciais, que isto não passa de um pastiche, de uma paródia das páginas e mais páginas do diário que ele escrevia incessantemente na sacristia, ainda que seus dias não fossem dos mais movimentados, assim como hoje os meus também não são, e que talvez por isso mesmo o imito, porque não tenho mais vida própria, só um passado, que na verdade nem meu é. E eu não teria como refutar. Mas não nos vemos mais. Já não estamos juntos. Nem na mesma cidade. Moramos cada um de um lado do mundo. Meus contatos com C. se resumem a telefonemas muito breves, porém diários. Às vezes não trocamos mais de três palavras, a ponto de eu ficar me perguntando afinal para que ele me liga quando repete o ato no dia seguinte. Não temos mais o que dizer. Mas ele continua ligando. Não sabe que resolvi escrever este texto. Provavelmente me diria que é uma traição. E eu não teria como negar. Se lhe respondesse simplesmente com uma obviedade do tipo "contar é trair", é muito possível que nem chegasse a rir da minha cara, como em outros tempos, retorquindo ao mau gosto da frase. Perdemos a intimidade — se pergunto por que está triste, o que é evidente por sua voz, logo se despede me comparando à sua mãe e defendendo, com razão, que a intimidade dos outros não se conquista à força, assim como não se arrancam as confidências. De qualquer jeito, mesmo que me reprovasse, já não acredito que possa incomodar os mortos com o que escrevo, por mais duvidoso que seja o meu gosto.

No carro, entre o porto e o mosteiro, eu ainda acreditava que falasse por nós dois quando abri a boca para comentar que estávamos brancos e gordos, enquanto ele ficava calado, deixando os outros rirem. Hoje, se eu tivesse ousado dizer uma coisa daquelas, C. na certa teria me interrompido para me aconselhar a falar só por mim.

Ouvi falar pela primeira vez de A. ainda no percurso de carro, subindo o morro pela estrada tortuosa. Fiquei tão impressionado quando o vi, na manhã seguinte, que preferi enfiar a cabeça num jornal da véspera, e ler todas as notícias que já conhecia, de cabo a rabo, como se estivesse muito interessado, a correr o risco de deixar que percebessem — ele e os outros — o meu espanto. Duvido que C. não tenha visto. Mas disfarçou. Nesse sentido, era mais maduro do que eu. De qualquer jeito, acho que deixei tudo bem claro, para C. pelo menos, quando nos afastamos da ilha, na barca, uma semana depois, ao lhe responder que se tratava da história de um leiloeiro (igualzinho a A.) quando me perguntou o que eu escrevia com tanto arrebatamento num caderninho em que costumava anotar as sinopses de futuros romances. Ainda no carro, enquanto H. dirigia, com seus cachos ao vento, G. disse que A. estava na ilha e, portanto, C. teria um parceiro de tênis à altura. Na verdade, isso queria dizer que, cansado de perder do irmão, um ex-campeão que havia abandonado o esporte para se dedicar unicamente à fotografia, embora não tivesse qualquer talento, A. ficaria exultante de poder jogar com alguém de quem pudesse ganhar. E foi o que acabaram fazendo ao longo de toda a semana, enquanto H., G. e eu íamos à praia e M. se recolhia à sacristia para se proteger do sol e do calor do verão. Não sei se A. e C. já se conheciam ou se se encontraram ali.

Ao se aproximar do mosteiro, a estrada serpenteia por um platô de onde se avista a fachada nua da igreja de Santa F. e uma parte do muro que cerca o jardim da sacristia. Numa das cláusulas do contrato de aluguel firmado com as autoridades de E., T. se comprometeu a permitir, no horário de funcionamento dos museus em todo o país, a visitação do mosteiro sempre que algum curioso se aventurasse na paisagem desértica e inóspita do alto do morro, o que, ao assinar, lhe pareceu uma possibilidade mais remota do que acabou se revelando na prática. Volta e meia, alguém batia à porta e, por vezes, T. era obrigado a interromper o almoço ou outra atividade qualquer, por mais íntima que fosse, para abrir a igreja e presidir, não sem um evidente mau humor, a visita da nave. Dependendo do que havia interrompido e do humor daí decorrente, se insistissem em conhecer o resto do mosteiro, não era impossível que lhes barrasse a entrada, alegando com a maior desfaçatez que o prédio estava em obras. Na ausência de T., na realidade o único legalmente comprometido com aquela exigência, G. e H. não hesitavam em pôr para correr quem ali batesse, convencidos ainda por cima da missão de preservar a privacidade de M. Aos turistas mais esclarecidos, no entanto, como os que eram enviados pela prefeitura e insistiam em seus direitos de visitantes de um patrimônio histórico do Estado, eles eram obrigados a mostrar pelo menos o interior da igreja, cuja porta e a grade de ferro que a antecedia abriam com uma má vontade de dar gosto, para depois cair na gargalhada, já sentados em volta da mesa no jardim, debaixo da treliça e da trepadeira, comentando com despeito a cara dos turistas que partiam numa nuvem de poeira e terra, como se só o fato de estar ali, podendo barrar a entrada dos visitantes, conferisse de alguma forma aos que ocupavam com exclusividade o interior do mosteiro o título de eleitos.

Não me lembro se naquele tempo eu já sabia. M. tinha me falado "sem mais nem menos", como ele mesmo dissera, uns anos antes, numa noite de inverno em R., sobre a sua própria doença, dando-me uma prova de confiança que na época muito me comoveu e que o texto que agora escrevo, este pastiche de merda, como diria C. se o tivesse lido, só pode trair. Sabia sobre M., mas não me lembro exatamente como e quando soube sobre H. e G. Naqueles dias que passamos juntos, indo à praia, enquanto C. saía de mobilete para jogar tênis com A., acabei ficando bastante próximo de H., mais de H. do que de G., que me irritava com suas respostas para tudo. Começava ali uma verdadeira amizade, e hoje ainda me parece uma obscenidade, uma invasão, pensar que não tenha sabido por ela mesma, que não tenha sido ela a me contar, que antes mesmo de conhecê-los eu talvez já soubesse sobre ela e G. ao avistá-los no porto, esperando-nos em E., e que isso os fragilizasse ao meu olhar. Na minha cabeça, agora que a conheço, me parece inadmissível ter sabido antes, um desrespeito. Mas não me lembro mesmo de tê-la ouvido contar da própria boca que também tinha sido contaminada, como diziam naquela época.

Minha intimidade com H., conquistada discretamente, sempre foi silenciosa, embora tenha sido ela afinal a me contar anos depois quase tudo o que eu precisava saber sobre C. e que nem ele nem ninguém até então tivera a coragem de me revelar. Foi ela quem talvez mais tenha sofrido com o final daquela época, por ter sobrado, ser a sobrevivente, e também quem veio selar o fim do que eu tinha acreditado que seria a minha vida inteira, o fim de toda espécie de ilusão que eu pudesse ter alimentado para o futuro, para me deixar vivendo de lembranças que em grande parte nem minhas eram. Vendo H. dirigir até o mosteiro no alto do morro, rindo da obsessão que eu expressava pela minha condição física e pela de C., gordos e brancos no banco de trás, não dava para imaginar que, em dois anos, ela seria dos três que nos recebiam na ilha a única a restar viva, que sobreviveria a M. e G. para arcar com o ônus de uma realidade que se resume, ainda hoje, à educação dos filhos traumatizados pelo desaparecimento súbito de G. e desconfiados do estado de saúde da mãe, as crianças que também parecem ter ficado paradas no tempo (a menina, hoje uma adolescente, continua assombrada por todo tipo de pesadelos, a ponto de não poder passar a noite sozinha em casa), à administração da herança de M. (seus livros, que deixou para as crianças) e ao acompanhamento diário do progresso, felizmente lento e controlado, da sua própria doença.

M. morreu um ano e meio depois de nossa estada no mosteiro da ilha, onde acabou sendo enterrado a seu próprio pedido e após muita burocracia para se trasladar o corpo de P. num helicóptero. G. morreu seis meses depois de M., de uma maneira fulminante — "como que atendendo a um chamado", eu cheguei a dizer a C., que ficou irritado com a minha morbidez e o meu mau gosto —, pegando todo mundo desprevenido, já que não tinha apresentado antes os sinais da doença que havia debilitado M. ao longo dos anos, até deixá-lo um fiapo de gente. E com eles desapareceu toda uma época que, embora eu só tivesse vivido tangencialmente, coincidiu com o fim das minhas maiores esperanças. Da última vez que estive em R., por exemplo, resolvi visitar o palácio renascentista onde C. tinha passado dois anos sem escrever uma única linha e onde M. tinha me falado, "sem mais nem menos", da sua doença. A porta estava fechada. Toquei o interfone. Antes que pudesse explicar quem eu era e o que queria (só me lembrar dos dias que passei ali), o porteiro desligou o aparelho dizendo que era domingo. Tentei mais umas tantas vezes, sem sucesso. Ele já não atendia. E de repente comecei a gritar com o interfone mudo, só para acabar percebendo que estava cercado de turistas japoneses que riam de mim e me fotografavam.

Não assisti a nenhum dos dois enterros. C. me contou por telefone que o que o velório de M. teve de sinistro, o enterro de G., meses depois, teve de comovente. Os atores surdos-mudos com que ele havia trabalhado num projeto de teatro nos arredores de P. discursaram por meio da linguagem dos sinais, enquanto uma intérprete traduzia em voz alta o que diziam. Era um dia de sol e havia muita gente em volta do túmulo, na maioria jovens, embora H. tenha decidido, o que para mim pareceu um erro, não levar as crianças. Me lembro perfeitamente de minha mãe me dizendo que durante anos esperou a volta do pai, morto de tifo ou febre amarela e enterrado no meio da selva, por nunca ter visto o cadáver; que por anos desconfiou da morte do pai, acreditando que de uma hora para outra ele bateria à porta. E eu cheguei a repetir essa história a C., ao telefone, tentando fazê-lo convencer H. a levar os filhos ao enterro de G. para que vissem o corpo do pai. Mas ela preferiu deixá-los com os avós no campo.

Paramos o carro na frente da igreja e entramos com as malas pela porta do muro lateral, que dava no jardim. M. veio nos receber, todo de branco e com um chapéu de palha. Enquanto H. e G. foram nos buscar, ele tinha saído da sacristia e se instalado à mesa debaixo da trepadeira, com sua caneta e o caderno que guardava numa pasta de papelão. Tinha emagrecido muito desde a última vez. Não sei de onde tirava sua força. Não reclamava de nada, como se o corpo, que sofria, fosse acessório. Só pensava no diário. Sendo difícil não ver que tudo ali — nós inclusive — girava em torno dele e da sua morte, o mais impressionante era ter de se render à evidência de que, apesar de tudo, ainda eram ele e a sua figura debilitada os principais responsáveis pela atmosfera — seria um clichê dizer "mágica", se no caso este não fosse o termo mais preciso — do lugar; que a partir do momento em que pisávamos ali passávamos a existir só para o diário.

    C. e eu ficamos no quarto atrás da igreja, no andar de cima, aonde chegávamos por uma escada de pedra na parede dos fundos, ao ar livre. Eu só pensava em ir à praia. Fazia um calor de matar, eu já disse, ainda que, no alto do morro árido e pedregoso, soprasse uma brisa agradável que vinha da costa. Do quarto onde ficamos, com cerâmica no chão e paredes caiadas, como o resto do mosteiro — no fundo, não passava de uma casa, assim como a igreja não era mais do que uma capela —, via-se o mar a oeste e a trilha que faziam os pastores de ovelhas com seus rebanhos morro acima ao pôr-do-sol. Sem que eu tivesse plena consciência, olhando retrospectivamente, me dou conta de que C. já estava distante, ou pelo menos não me dava muita atenção (e talvez por isso não tivesse reagido ao comentário que fiz sobre a nossa forma física no carro). Eu não tinha plena consciência simplesmente porque não me incomodava; para mim, sua atenção era uma certeza, estávamos a tal ponto confundidos, na minha cabeça, que exigir mais dele seria como reclamar de uma indiferença de mim para comigo mesmo. Foi ele próprio, por exemplo, quem me contou metade das lembranças envolvendo esse grupo de pessoas (muitas das quais, como T., eu nem conhecia), que depois eu iria confundir com a minha própria memória, acreditando tê-las perdido ao morrerem, quando na realidade nem próximos tínhamos sido. Mas há uma coincidência além dessa espécie de simbiose com C. que explica em parte, e por um outro ângulo, esse sentimento e essa confusão: é que M. e G. morreram ao mesmo tempo que minha vida acabou também. Pelo menos a vida como eu a tinha imaginado. Sem nunca terem sido próximos, parecem ter me deixado sozinho ao morrerem. Outra coisa é que só depois da morte de M. publiquei o meu primeiro livro, só depois da morte ter interrompido o seu diário interminável é que passei a escrever de forma sistemática; e às vezes, quando estou menos seguro de mim mesmo, é como se algum tipo de elo sobrenatural nos unisse, um pacto sinistro, como se os meus livros fossem a herança que ele tivesse me deixado, ao preço de perder a minha própria vida também. A publicação do primeiro, por exemplo, coincidiu com meu reencontro com H., em P., bem depois da morte de G., quando ela me revelou tudo sobre C.: que minha vida já tinha acabado e eu era o último a saber. Foi ela quem, um belo dia, quando eu já não morava mais em P. e estava de passagem, tomou a iniciativa de marcar um encontro comigo, na casa dela, alegando que sentira que eu estava "com sede de informações", para me dizer que C. não só vivia com outro havia anos (porém nunca quando eu o visitava, como naquelas férias), mas estava apaixonado, cego, a ponto de es-

17

crever um livro com as histórias que o outro lhe narrava oralmente e publicá-lo como se tivesse sido escrito de fato pelo namorado, alcançando um certo sucesso de crítica e público. Graças a ela me dei conta de que tudo era público e notório. Talvez H. quisesse estabelecer comigo uma espécie de identificação pela perda, mas não vi nenhuma maldade nisso. E daí a provável crítica de C. sobre este texto ser ou não um mero pastiche de M. não ter a menor relevância, ainda que proceda de um ponto de vista exterior. Escrever à maneira de M., com todas essas iniciais, talvez seja a minha única vingança contra uma herança que não pedi — embora dela tenha desfrutado bastante — e que de certa maneira, eu diria, tive de pagar, também sem ser consultado, com a vida, ou pelo menos com o que eu tinha imaginado da vida. Minha revolta contra essa sina. Uma forma de ironizá-la e, com isso, revelá-la, mostrar que tenho consciência dela.

Não foi a primeira vez que alguém precisou morrer para que eu pudesse escrever. Meus ensaios sobre futebol, que antes sempre eram recusados, acabaram publicados numa prestigiosa revista literária com a morte de uma amiga ensaísta. Não seria de espantar que a morte de M. tenha aberto o meu caminho, não sem ter de pagar caro, me fazendo ao mesmo tempo perder o que tinha de mais importante, quem mais amava. Quando estou menos seguro de mim, tenho uma visão do mundo que se assemelha a uma dança das cadeiras, mas sem a menor graça, por não ter suspense, sendo só uma enfadonha repetição interminável, onde os que ficam vivos se sentam nos lugares antes ocupados pelos mortos. É como se no mundo não houvesse lugar para todo mundo e estar vivo não eliminasse a possibilidade de longos e longos anos na fila de espera até aparecer uma vaguinha. É só uma intuição esotérica, uma fantasia, mas que vem se confirmando comigo.

De qualquer jeito, embora implícito, havia um elo entre

M. e mim antes mesmo da sua morte, porque foi em parte graças ao mundo que ele criou com seus romances, em que os amigos se tornavam personagens, que acabei conhecendo C. É possível que não viesse a lhe escrever uma carta de amor, desvairada, como acabei fazendo sem nem ao menos conhecê-lo, depois de terminar um livro que ele publicara recentemente, se já não tivesse alguns indícios de sua vida pela óptica das ficções de M. É possível que nem tivesse aberto o livro de C. na livraria e me deparado com a primeira frase fatídica se já não fantasiasse quem ele era com base nos romances de M. Se confundi autor com narrador, e me apaixonei por C. ao ler um livro que ele havia escrito antes mesmo de eu conhecê-lo, devo isso em parte ao estilo mistificador da ficção de M. que, aumentando a confusão, tinha me ajudado a formar de antemão uma imagem de C. quando por fim abri a primeira página de seu romance, e li a primeira frase, ainda na livraria. Em parte, devo a M. o meu encontro com C. e hoje me parece que, assim como ele de certa forma me dera C. de presente, tirou-o de mim ao morrer, substituindo-o por uma outra herança: para fazer de mim, como ele, escritor. Sei que tendo a atribuir a M. poderes divinos, mas não posso evitar. Assim, este pastiche acaba sendo uma espécie de provocação, a única reação possível a essa regra diabólica em que me vi enredado, tirando de mim o que eu já tinha, em troca do que eu almejava. Minha vida acabou no dia em que passei a escrever.

    Numa das minhas passagens recentes por P., dessa vez a trabalho, C. me convidou para jantar. Achei que tinha brigado com o namorado. Já durante a sobremesa e em tom de lamento, ele se virou para mim e disse que era estranho pensar que me conhecera logo após a morte do filósofo, seu maior amigo antes de M., e que havia sido com a morte deste último que acabara encontrando o namorado cuja perda agora parecia lamentar mas sem deixar claro a que se referia. Falava para si mesmo, sem qualquer consideração, como se tanto eu como o namorado que me substituíra — e que agora, pela sua infelicidade, ele dava a impressão de ter perdido — tivéssemos sido presentes deixados pelos amigos mortos, um raciocínio análogo ao meu, é verdade, mas sem a segunda parte, a pior: que toda herança traz consigo uma perda — e não só a do morto. C. raciocinava por uma óptica que a mim pareceu insensível na sua inconsciência infantil, nem que fosse somente por não deixá-lo perceber que um "presente" havia lhe tirado o outro; que, ao "receber" o novo, perdera o anterior.

Vestimos nossos calções, ficamos conversando por meia hora à sombra da treliça com trepadeiras e saímos de carro, deixando M. com seu diário em que, talvez por pretensão, achei que registraria nosso diálogo — que de significativo não tinha nada —, como se houvesse uma relação direta e imediata entre a realidade e o relato, como se isso fosse possível, por mais realista que se propusesse o texto, por mais que o objetivo fosse se ater à simples reprodução. Lembro a ansiedade com que depois busquei o meu nome entre as centenas de páginas do primeiro volume do diário, quando foi publicado, provocando o desprezo e a conseqüente irritação de C., decepcionado ao ter de se render à evidência dos meus defeitos, e da minha vaidade. M. não mencionou nossos nomes — nossas iniciais — nos apontamentos daquele dia. Nem mesmo que tínhamos chegado à ilha. Na página que tenho aberta sob os olhos, a imitá-lo, faz menção apenas ao calor de matar e a um sonho que diz ter tido sobre o paraíso mas que para mim é pura invenção, como grande parte do diário, eu terminei compreendendo, sempre à cata do meu nome, da minha inicial, que se aparece duas vezes em milhares de páginas já é muito.

Passamos a tarde nas pedras. Era um lugar onde as pessoas ficavam estendidas, amontoadas como focas, tomando banho de sol, às vezes nuas, e de onde mergulhavam com máscaras e pés-de-pato. G. achou que fosse encontrar A. por lá — eram bastante próximos; se não me engano tinham sido namorados antes de G. conhecer M. e passar a viver com H., com quem teve um menino e uma menina, para quem M. acabaria deixando a herança (seus livros) que H. teria de administrar até a maioridade das crianças —, mas quando chegamos ele já tinha voltado para casa, com muita fome, segundo dois amigos que estavam hospedados com ele mas tinham decidido dispensar o almoço para continuar estendidos nas pedras. Só no dia seguinte pela manhã, no vilarejo embaixo do mosteiro, é que finalmente o encontramos, depois de tanta expectativa. Não posso dizer que o encontro com A. não tenha me deixado perturbado. Ao vê-lo, de óculos escuros e bermuda, com o cabelo preto desgrenhado de quem tinha acabado de acordar, abri o jornal que havia comprado, mais por inércia, por vício do que qualquer outra coisa, o jornal inglês da véspera, que era o único que eles tinham para vender, porque tudo chegava à ilha com atraso, cujas notícias eu já conhecia por tê-las ouvido no rádio, e o li de cabo a rabo, sentado no café onde tínhamos nos instalado, de frente para A., que encontramos por acaso, enquanto deixava aos outros o ônus da conversa, tentando passar por indiferente. Não abri a boca. Achava que qualquer coisa podia me denunciar. Estava completamente fascinado por ele. Não acho que isso tenha lhe passado despercebido. A primeira história do meu primeiro livro foi inspirada nele e provavelmente nessa primeira impressão. No conto, eu o transformaria num monstro, um sujeito que era capaz de tudo, associando beleza e dinheiro, que não lhe faltavam, das formas mais escusas e inverossímeis. Não parece que eu tenha sido muito bem-sucedido. Pelo que me dizem, quem lê a história tem vontade de vomitar, menos por nojo do personagem que do autor.

    Tudo o que ouvi escondido atrás do jornal da véspera, para fugir aos olhares de A., foi que seu irmão tinha chegado fazia dois dias, o ex-campeão de tênis com o namorado zulu, o que acabaria provocando mais tarde no mosteiro todo o tipo de comentários maledicentes e piadas racistas, principalmente da parte de M., que ia transformar o zulu sul-africano, também sem mais nem menos, num dos principais personagens daquela parte do diário. A. e C., ao que tudo indicava apresentados por G., combinaram ali mesmo suas partidas de tênis, e G. sugeriu que fizéssemos um jantar no mosteiro, no dia seguinte, para A. e seus hóspedes. Os outros, ao que parecia, ficaram tomando café em casa enquanto A. tinha ido comprar pão. Eram, na verdade, além do irmão e do namorado sul-africano, um velho amigo, "administrador de grandes fortunas", que vivia em S. e que eu acabei transformando no narrador do meu primeiro conto, o mesmo em que A. apareceria como um monstro; uma órfã suíça, uma moça muito simpática, com pretensões a escritora, herdeira de um império de laticínios, e os dois rapazes muito fortes, típicos freqüentadores de academias de ginástica, que tínhamos encontrado nas pedras. Estavam esperando um ator brasileiro para aquela noite. "Ele pode chegar a qualquer momento", me disse G., entusiasmado, como se pela simples nacionalidade tivesse me arrumado um amigo. Eu nunca tinha ouvido falar do ator. "Quem sabe ele consegue chegar a tempo para o jantar." Para mim, aquele jantar em que praticamente não abri a boca ficaria como a marca do fim de uma época que de certa forma eu nem cheguei a viver, embora hoje sobreviva de suas lembranças. Para mim, e sem eu saber ou perceber na hora, aquele jantar foi o primeiro sinal de um processo que H. ia concluir anos depois, o "fim da minha vida de adulto", como escrevi no meu primeiro conto, ainda só por intuição, a respeito do personagem diabólico inspirado por A. O fim de todas as minhas esperanças, como H. acabaria me confirmando naquele reencontro em P., porque o que naquela época eu almejava inocentemente, e que depois de certa maneira conquistei, significou uma perda cujas proporções eu não podia sequer imaginar. Perdi todas as esperanças de passar o resto dos meus dias com quem eu mais queria. Perdi todas as ilusões. Fiquei com o troco do diabo. Passei a escrever. De alguma forma, uma coisa está ligada à outra.

    De que adiantaria dizer a C. que ainda poderia passar o resto dos meus dias com ele, a mesma coisa que eu disse quando o conheci, agora que me telefona todos os dias sem nada para dizer? No fundo, ele sabe. E, na verdade, hoje desconfio mais do que confio. Olho para ele e desconfio. Aprendi a desconfiar. Já não confundo fato com ficção. Quando o conheci, depois de ler um de seus livros e de lhe escrever uma carta alucinada dizendo que, pelo que tinha lido ali, poderia passar o resto dos meus dias com a pessoa que escrevera aquilo, achei que pudesse confiar. Confundi narrador com autor. Um erro primário. Tanto que lhe escrevi aquela carta apaixonada sem nem ao menos conhecê-lo, só pelo que tinha lido. O narrador do seu romance começava dizendo qualquer coisa como não ser preciso esperar alguém morrer para declarar amor ao morto. E foi provavelmente por causa dessa frase (além dos indícios nos livros de M., sempre confundindo ficção com realidade) que eu me apaixonei por ele, ao lê-la ainda na livraria, enquanto folheava o livro exposto na pilha dos lançamentos. Foi o que me fez procurá-lo "antes que morresse", o que me levou a escrever a carta, e declarar o meu amor.

    Me lembro de C. saindo da praia de mobilete, subindo a escarpa ferruginosa pela trilha muito estreita e nos deixando lá embaixo, eu com o coração na mão, aterrorizado só pela idéia de que pudesse cair, rolar precipício abaixo e morrer. Como H., C. também sobreviveu mas, ao contrário dela, não está doente. Não tem com o que se preocupar. Sua morte para mim não é mais uma ameaça, e também nunca chegou a ser um desejo, porque nem raiva eu tive ou tenho (nem depois de ver a dedicatória de seu último livro, o melhor em anos, para o namorado que aparentemente perdeu depois de mim); é simples figura de linguagem, porque ele decidiu que ficaríamos separados, apesar de continuar me ligando todo dia sem me explicar ao menos a razão. E o que é pior: para não dizer nada. Liga, mas não quer falar. Talvez só para saber se ainda estou vivo. Morri para ele, mas ele não quer morrer para mim. Liga todos os dias talvez para confirmar que não sente mais nada por mim, que estou morto para ele, e se assegurar do que sigo sentindo por ele, que ele continua vivo para mim.

    Na segunda tarde, H. e eu fomos à casa de A. buscar C., que tinha passado o dia jogando tênis. Ele disse que vinha em seguida, de mobilete. Tinha perdido, mas estava radiante. Estava sempre perdendo, mas hoje, olhando para trás, já não tenho tanta certeza. Nos anos que ficamos juntos, me disse que eu o tinha salvado, e eu acreditei sem saber exatamente do quê. Me disse que seria eu a abandoná-lo primeiro e, mesmo relutante, garantindo que aquilo era impossível, se não cheguei a acreditar, achei que no fundo podia até haver alguma verossimilhança no que dizia. Mas foi o contrário. Quem perdeu fui eu.

    O jantar no dia seguinte foi planejado nos mínimos detalhes. Pela manhã, antes de sairmos para a praia, H. e G. foram até o vilarejo comprar as verduras e o peixe. Deixaram tudo preparado para quando voltássemos na hora do almoço, lá pelas quatro da tarde. Dividiram-se na cozinha, enquanto eu tomava banho no jardim. C. estava jogando tênis com A. nas quadras do clube do outro lado da ilha. Como não havia água encanada no mosteiro, os banhos eram sempre ao ar livre. Tínhamos que bombear a água do poço. Ficávamos nus, como era de praxe, diante de todo mundo, protegidos apenas pelas flores, debaixo dos jatos de água fria cujo choque só o sol quente abrandava. Todo mundo evitava tomar banho ao cair da tarde. Na véspera, ao perceber que tinha perdido a hora, C. preferiu dormir com o corpo ao mesmo tempo melado e ressecado de sal a ter de enfrentar a tortura da água gelada. Imaginei que se voltasse depois das sete muito provavelmente passaria outro dia sem banho. Voltou às seis, radiante apesar de ter perdido mais uma vez. G. preparou o peixe. H. me pediu para pôr a mesa enquanto lavava as verduras e C. tomava afinal seu banho no jardim. Saindo da sacristia, já de calção e enrolado numa toalha, M. pediu a G. que o levasse à praia, nem que fosse só por alguns minutos, para não quebrar a rotina. Voltaram ainda a tempo de arrumar todo o mosteiro. Não sei o que deu em M. — era assim que acabava criando uma atmosfera ao seu redor que, embora natural, à primeira vista podia parecer fruto de uma espécie de militância da mistificação de si mesmo — quando, sem que ninguém percebesse, depois de aparecer lavado, com um paletó e calças brancas impecáveis, abriu as portas da igreja e encheu a nave de centenas de velas, nos castiçais, no altar, nos nichos das paredes e pelo chão, registrando tudo em seguida com uma câmera de vídeo. Essas imagens, totalmente esfumaçadas, foram incluídas depois num vídeo que ele vendeu para a televisão francesa e que tinha, se não me engano, algo a ver com a sua morte.

Quando os convidados chegaram, lá pelas nove e meia, em dois carros, vindo pela estrada árida que serpenteava pelo alto do morro até o mosteiro, M. ainda estava na igreja com sua câmera, caminhando entre as velas escorridas e tremulantes. G. saiu da nave para recebê-los. H., que terminava o trabalho na cozinha, enxugou as mãos ao ouvir o barulho dos carros e saiu pela porta lateral, seguida por C. e por mim. Era uma noite estrelada. Os dois carros pararam em frente ao mosteiro, desligaram os motores e apagaram os faróis. Agora, a única luz, que se projetava no platô como um pequeno incêndio, vinha das velas queimando no interior da nave. As portas dos carros se abriram quase ao mesmo tempo, para depois irem batendo uma a uma, numa seqüência percussora ao se fecharem. Do primeiro, desceram A., que dirigia, o administrador de grandes fortunas e a herdeira do império de laticínios. No de trás, vinham o irmão, ex-campeão de tênis, o namorado zulu e os dois freqüentadores de academias de ginástica. Foram recebidos com beijos e cumprimentos de boas-vindas, numa troca de risos e elogios. De repente, como num passe de mágica, estavam todos na nave da igreja, sendo gravados pela câmera de M., atraídos como mariposas pelas velas. O mais surpreendente é que ele conseguisse submeter o mundo à sua direção, que sua criação de atmosferas envolvesse tudo e todos os que passassem por perto, como um campo magnético. De repente, eram todos figurantes de um vídeo que ele dirigia, sem qualquer constrangimento, confiante e orgulhoso do que fazia, como se nessa crença conseguisse redefinir o mundo, redirecionando-o para onde bem entendesse. Estavam todos fascinados.

 O fascínio dos textos de M. vinha justamente daí, das iniciais. M. criava um mundo ao seu redor e lhe dava uma importância quase mitológica. Todos queriam ser transformados em iniciais. E depois todos tentavam reconhecer nas iniciais os vestígios de alguém que realmente existisse, traços de si mesmos. Como se só pudessem ser reais no texto, se estivessem no texto. O que fascinava nos livros de M. era justamente a idéia de autobiografia, a importância que ele atribuía à sua própria vida, como se fosse muito significativa, lançando mão de todo tipo de artimanhas para mistificá-la. O quanto seus romances tinham de autobiográficos, também os diários tinham de ficção. As velas eram quase uma caricatura disso. Mas só podia alcançar alguma credibilidade no seu projeto se não tivesse vergonha de acendê-las ou, resumindo, de encenar a própria vida.

    M. registrava sem medo os rostos dos convidados entrando na igreja de Santa F. Era sua convicção que os subjugava. Me lembro de ter pensado na época, ainda com um pouco de resistência, e portanto constrangido com a cena, que por mais que tentasse imitá-lo nunca teria autoridade suficiente para convencer aquelas pessoas a se converterem em meus personagens. A julgar pela cena, era tudo o que queriam, nem que fosse inconscientemente, que os hipnotizasse para dentro de sua obra. Em sua crença de si mesmo, M. sabia abrir um canal de comunicação subliminar com quem o cercava. Só uma tal crença em si mesmo o tornava convincente. Como os profetas, acho eu.

    A mim faltava essa crença, essa entrega a mim mesmo, que no caso dele não era só narcisismo, como muita gente costumava achar — equivocada — e eu mesmo à primeira vista, ao conhecê-lo depois de ter lido alguns de seus livros, quando C. nos apresentou. Sua missão era fazer de si um personagem, nem que fosse para dar à sua vida um significado que ela não tinha. Agora eu também poderia retrucar a C. que, por mais que espalhe iniciais pelo meu texto, nunca vou fazer nada nem ao menos parecido com o que escrevia M. Porque sou descrente e só de pensar em mim já me dá vontade de rir.

    G. perguntou sobre o ator brasileiro e A. respondeu apenas que podia aparecer a qualquer momento. A. era o mais reticente de todos na igreja. G., que o conhecia muito bem e se não me engano tinha até sido seu namorado antes de encontrar M. e passar a viver com H., havia nos alertado, ainda no caminho entre o porto e o mosteiro, logo que chegamos à ilha, de que A. mantinha uma relação muito estranha com o irmão. Tomei como um eufemismo. E é verdade que, durante todo o jantar, e já ali na igreja, quando um falava era como se o outro não ouvisse, rebatendo, para contrariar, somente minutos depois, já no meio de um outro assunto, o que o irmão dissera antes. Com isso, as frases aparentemente incongruentes e soltas formavam, no fundo, um diálogo tenso e exclusivo entre os dois irmãos. Como continuava muito impressionado com A., talvez eu tenha sido o único além dos dois a, prestando uma atenção extrema porém disfarçada, acompanhar aquele estranho diálogo de falas diferidas com que se comunicavam, como se precisassem se manter sempre ligados nem que fosse somente por meio das farpas que espetavam um no outro. Já na igreja houve um ensaio disso com o irmão ex-campeão de tênis dizendo de repente, do nada, que aquela quantidade de velas mostrava apenas que os atuais responsáveis pelo mosteiro não eram dali, faziam uma imagem idealizada da iluminação da nave, quando, minutos antes, A. fizera o comentário inverso, talvez só para ser simpático, dizendo que imaginava que no passado, em alguma época áurea do mosteiro, tivesse sido exatamente assim que o iluminavam.

Não sei se os outros não percebiam ou fingiam não perceber. Naquela noite, pelo menos, A. estava na defensiva, fazendo-se passar pelo maduro, enquanto o irmão, que só conseguia sorrir ao olhar para o namorado zulu, ficava com a pecha de temperamental. Depois da nave, passamos ao interior do mosteiro, ao jardim, sempre entre as exclamações dos convidados, à exceção do irmão de A., o ex-campeão de tênis, que não parecia ver nada na sua frente, a não ser o sul-africano, ou pelo menos não mostrar grande interesse pelo que via. Foi quando, inesperadamente, como se fôssemos velhos amigos, o zulu me tomou pelas mãos e, num inglês muito afetado, me elegeu como seu guia para o resto da casa, depositando disfarçadamente na minha mão, enquanto a segurava e exclamava "Venha! Mostre-me o resto desta casa magnífica!", um pequeno volume que, depois de um primeiro momento atônito, sem compreender, chegando quase a estragar todo o jogo do sul-africano, que por um triz não denunciei de saída com a minha inépcia, perguntando em alto e bom som o que era afinal aquilo, acabei guardando no bolso, para só ter coragem de examiná-lo após o jantar, no meu quarto, quando C. já estava dormindo.

Levei o zulu pelos quatro cômodos do mosteiro, agora ocupados por camas com balaústres de ferro e mosquiteiros brancos, enormes castiçais de velas e mesas de estudo, sob o constrangimento das suas exclamações afetadas, sempre segurando uma das minhas mãos, a outra, agora que não precisava me entregar mais objeto nenhum, já tinha cumprido sua missão, e esbarrando de vez em quando nos outros (H. e G., pois M. e C. nos esperavam conversando no jardim), que se encarregavam de mostrar a casa ao resto dos convidados, em geral encantados. A cada cômodo, e a cada nova explicação que eu lhe dava, o zulu olhava para mim com os olhos arregalados e brilhantes, tentando expressar uma cumplicidade que eu não podia compreender, com uma excitação que tinha na certa mais a ver com o que me entregara minutos antes, escondido, e que eu já havia guardado no bolso, do que com o que eu dizia. Quando descemos para o jardim, e ele sempre segurando a minha mão, o que me incomodava demais, tentei me livrar daquela cumplicidade que eu não compreendia, dizendo ao zulu, enquanto o apontava, que G., o primeiro que avistei ao pisarmos do lado de fora, conhecia o mosteiro muito melhor do que eu e saberia lhe contar histórias muito mais maravilhosas. O efeito foi surpreendente. Não esperava que fosse tão imediato. Foi eu dizer o nome de G., enquanto o apontava, para o zulu largar na mesma hora a minha mão e não me olhar mais durante toda a noite. Demorei para entender a razão daquilo, porque também não trocou nenhuma palavra com G., mas aos poucos fui juntando as peças até chegar à conclusão em princípio mais óbvia: que foi ao juntar o nome de G. à pessoa que ele perdeu o interesse em mim, ou melhor, como depois passei a suspeitar, se arrependeu do que tinha feito (de ter metido os pés pelas mãos, o idiota, ao me entregar sorrateiramente aquele pequeno objeto) a ponto de não poder mais me olhar, agora que tinha estragado tudo. Por um tempo, cheguei a pensar que não havia a menor dúvida de que se confundira, entregando o objeto à pessoa errada, estragando a missão para a qual fora instruído. E, sendo assim, não podia olhar para mim pelo resto da noite, simplesmente porque eu era a maior evidência da sua imbecilidade. Agora que não podia voltar atrás, o melhor era fingir que nada tivesse acontecido. Só demorei para entender é que, se havia me confundido com alguém, talvez não tivesse sido com G.

    M. presidiu a mesa, mostrando a todos os seus lugares, como fazia com os personagens do diário interminável, reorganizando o mundo à sua volta, sem o menor constrangimento, como se fosse uma cena mítica. Fiquei entre a herdeira dos laticínios e o administrador de grandes fortunas, o velho amigo de A., que foram especialmente simpáticos comigo, embora eu não tenha aberto a boca, como já disse, a não ser quando era inevitável, para agradecer quando me serviam ou dizer que já era suficiente ou que gostaria de um pouco mais de peixe, e embora conhecessem muito bem os outros presentes para correrem o risco de me confundir com outra pessoa, como a meu ver tinha feito o zulu, o único ali que não podia ter sido encarregado daquela missão fatídica, e que agora devia estar se mordendo, mas que talvez, por sua ignorância mesmo, por não conhecer ninguém ali, fosse o único em quem podia ter confiado o eventual mandante. O fato é que se me tratavam com cordialidade era por educação, por simpatia até, mas nunca por terem me confundido com outro. Na verdade, o único interesse que a herdeira dos laticínios podia ter ali era por C., que além de livros também escrevia resenhas literárias num jornal importante. Ela havia acabado um primeiro romance, em grande parte autobiográfico, a história de uma órfã muito rica, envolvida com drogas e a alta burguesia internacional, cuja publicação estava prevista para dali a seis meses, mas esse assunto só seria introduzido — estrategicamente, por A., que o chamava de "roman à clef", e não por ela própria, que não ficaria bem — um pouco mais tarde, quando os ânimos já estivessem mais relaxados. Também o administrador de grandes fortunas nada podia querer comigo que, como todos sabiam, não tinha um tostão furado. Achei que os dois só podiam estar sendo sinceros na sua simpatia.

Não se podia dizer a mesma coisa do ex-campeão de tênis que, apesar de adulado por G. e H., entre os quais estava sentado, mal respondia ao que lhe perguntavam, nem sobre esportes, que no fundo não lhes interessava a mínima (queriam apenas ser gentis), limitando-se a dirigir ao zulu do outro lado da mesa olhares lânguidos e um ou outro sorriso apaixonado. Antes de chegarem e antes de acender suas velas na igreja, M. tinha comentado, se deleitando, o que soubera sobre o jantar em que o ex-campeão apresentou o namorado zulu aos pais, ricos e racistas, obrigando a família a engolir a sua felicidade que aparentemente era autêntica e inocente, nada tinha de segundas intenções, nem de provocação nem de rebelião nem de confronto, embora os tivesse atingido, parece que sobretudo a mãe em seu vestidinho Madame Grès, como "um punhal envenenado". A expressão é do diário de M. E, ao contrário do que poderia me dizer C. ao me reprovar este pastiche de merda, se o lesse, toda imitação tem limites, e também o mau gosto; ainda que não me faltem, é verdade, eu não seria capaz de usar um lugar-comum desses.

O ex-campeão não queria falar de tênis, que havia tempos não jogava profissionalmente, nem de fotografia, que tinha se tornado, menos por talento, pelo que pude ver, do que por autodeterminação, voluntarismo e teimosia, a sua profissão. Suas fotos no geral beiravam a pornografia, mas com um falso tom intelectual e artístico que estragava tudo. O livro que eu tinha folheado uma vez numa livraria, por acaso, sem saber que um dia encontraria o fotógrafo, era dedicado a A., menos uma incongruência do que uma sincera declaração de amor, como eu terminei compreendendo, porque, para além das aparências e de toda compreensão, o que os dois mantinham ali era uma relação, como dissera G., das mais estranhas. Não era só ódio ou só amor, mas uma combinação que, talvez por ser resultado dos extremos que não se misturavam num meio-termo mas se mantinham puros e radicais na sua coexistência, tornava-os inseparáveis. O que não significava também que não fossem capazes de matar um ao outro num acesso de fúria e depois sofrer até a morte, menos de culpa que de tristeza.

A. apenas sorria, respondendo gentilmente quando lhe perguntavam alguma coisa, mas deixando a G. e H., que se ocupavam do irmão, a liderança da mesa. M., por incrível que pareça, também se manteve calado de início, apenas observando, como se já tivesse distribuído os papéis e agora soltasse as rédeas dos personagens para ver até onde eram capazes de ir, mas pronto para retomá-las ao menor sinal de que as coisas estivessem saindo do seu controle. Até alguém dizer uma frase que não fizesse parte do seu universo, por exemplo, que não o emocionasse ou cujo sentido ou ironia não estivesse ao seu alcance, como quando o administrador de grandes fortunas, ao meu lado e replicando a algo bastante banal mas de que já não me lembro, disse: "A religião no melhor e no pior dos casos é apenas um louvor de si mesmo, já que não passa de uma adoração do Criador pela criatura". M. não podia ter gostado mesmo. Agora, em retrospecto, penso que se cortou a conversa naquele instante, ríspido, para fazer um brinde, não foi por não ter alcançado o sentido, mas justamente por tê-lo compreendido muito bem, em toda a sua extensão. Viu que ali, naquela espécie de crítica da religião, estava expressa uma reserva ao que ele próprio vinha fazendo na vida, fosse com seu diário interminável ou com suas velas acesas na nave da igreja. Um tipo de religião, uma vez que se tratava de um louvor de si mesmo. O comentário do administrador de grandes fortunas não só punha em evidência sua independência de opinião (era de fato um personagem rebelde) mas reduzia toda a obra de M., desmontando-a, ao projeto convencional de criação de uma religião. O que M. ouviu o administrador de grandes fortunas dizer, no fundo, é que não havia nada de iconoclasta ou revolucionário em se encher uma igreja de velas, mesmo se os motivos fossem os mais anticlericais ou até os menos sagrados. E, embora óbvio, o comentário deixou M. irritado a ponto de levantar o copo de vinho do outro lado da mesa e, virando-se para os convidados mais próximos, os dois típicos freqüentadores de academias de ginástica, como se não tivesse ouvido nada, fazer um dos brindes mais canhestros de que já tive notícia, piorado ainda por cima por seu estado físico, à vida.

As velas de M. foram apenas o início de um espetáculo (não há qualquer metáfora no termo) que chegaria ao seu ápice após o jantar. Havia muito que M. cultivava seu gosto pirotécnico como uma arte: "Em pirotecnia assim como em literatura, existe Proust e o resto é o resto", dizia num exercício cínico de persuasão, porque no fundo nunca tinha suportado seu conterrâneo asmático nem conseguido ultrapassar as primeiras páginas de qualquer um dos volumes da *Recherche*. A pirotecnia acabou virando uma obsessão. Um elemento fundamental para a sua mistificação do mundo. Para que ganhassem uma aura mítica, os acontecimentos que ele organizava, ou apenas vivia, tinham de ser pontuados por fogos ou explosões. Tinha sido introduzido no assunto por B., o mágico, que se tornara um de seus amigos mais próximos — e que, como T., eu também não conhecia. As velas na nave da igreja serviram apenas de preparação para um estado de espírito que, ao final do jantar, teria a sua coroação sob o céu de estrelas e os convivas espalhados em pontos estratégicos do morro pedregoso em volta do mosteiro com fogos de artifício nas mãos.

A frase do administrador de grandes fortunas expunha todas as pretensões artísticas de M. e em sua concisão, que só depois eu compreendi, trazia o impacto de uma voz dissonante mas discreta no meio daquela concordância geral e inseqüente. Com aquela frase, o administrador tinha tomado um partido, que obviamente não só não era o de M. como incitava os outros a repensar o sentido da sua própria passividade aos desígnios dele. O que o administrador talvez não visse — e provavelmente nem o próprio M., que nesse ponto agia inconsciente — era que, ao passar por Criador e criatura, de certa forma M. tentava usurpar de um Criador exterior e superior o poder da criação. Rebelava-se contra a passividade a que tinha sido submetido ao nascer, recriava o mundo (o que ficava claro com sua teimosia, num certo sentido até irônica, contra a morte próxima, fazendo um brinde à vida), e se os outros apenas transferiam para ele esse poder de um Criador superior, e prosseguiam passivos, satisfeitos de ser personagens do texto de outro, o problema era deles. A frase do administrador marcava mais o sinal de uma resistência individual do que uma crítica que pudesse destruir todo o projeto de M. Tanto que sua única providência, não dirigindo mais a palavra ao administrador depois de tê-lo interrompido com seu brinde canhestro, foi cortá-lo do diário. Como se não existisse, como se o administrador não tivesse nem nascido, seu nome não aparece nem uma única vez em todas as páginas do diário em que M. descreve aquele jantar.

O administrador, entretanto, não parecia ter sido atingido por aquela reação. Estava velho, não se incomodava. Continuou conversando com quem estava mais próximo, a herdeira dos laticínios e eu, que quase não falava e ouvi um bom pedaço de sua história com a maior atenção depois de ter lhe perguntado, excepcionalmente, por que decidira viver em S. "Negócios", respondeu. "E depois veio a calhar." Disse que tinha se mudado havia dez anos, para esquecer o que passara em P. Agora não podia nem pensar em voltar para P. Me espantei quando ele disse que tinha sido casado por quinze anos e que teve dois filhos. Quando um de seus clientes, um velho milionário escocês, com o intuito de poder finalmente fazer o que sempre quis, caçar e cuidar de seus cavalos e de seus castelos pelo pouco tempo que lhe restava, propôs ao administrador que viesse viver em S. como gerente de seus bens, ele estava passando por um momento difícil e resolveu aceitar. Estava separado da mulher havia dez anos. Foi ela quem lhe telefonou numa manhã de sábado para lhe dizer que o filho mais velho, de vinte e cinco anos, tinha sido encontrado morto. Um acidente, provavelmente, segundo ela, uma overdose, mas a hipótese do suicídio nunca chegou a ser descartada. Dois anos antes, um médico havia diagnosticado como esquizofrenia a primeira crise que a mãe insistia em chamar de "nervous breakdown", em inglês mesmo, que ela não sabia falar, deixando os sentidos ainda mais nebulosos. No fundo, com aquele telefonema, ela estava pedindo socorro. Foi ele quem teve de resolver tudo, tomar todas as providências legais, preparar o enterro do filho. Ela não tinha condições. Um mês depois, ele recebeu o convite do velho escocês e achou que seria uma oportunidade para mudar de ares e tentar se livrar daquelas lembranças. Nos últimos anos, já vinha passando em média uma semana por mês em S., dividindo as tarefas de administração daquela fortuna com o próprio cliente, que agora lhe propunha largar tudo em suas mãos para poder se preocupar apenas com os cavalos e os castelos. Conhecia a cidade, tinha uns poucos amigos, arrumou um apartamento que era um verdadeiro palácio, disse. E aí, virando-se para mim, assim do nada, arrematou: "Você precisa vir me visitar". Eu sorri sem graça e, desviando o olhar, dei de cara com A. que me observava, também sorrindo, do outro lado da mesa, como se reiterasse o convite. Agradeci, mas sem saber direito por quê, já que estava completamente constrangido e ainda um pouco perturbado com aquela história do filho esquizofrênico, que ele tinha contado sem fazer o menor drama, com uma naturalidade impossível. Era como se as pessoas que ali tinham sofrido alguma experiência muito próxima e desgraçada com a morte, ou estavam às vésperas de sofrê-la, flutuassem por algumas horas fora do mundo. Em ambos os casos, quer a morte fosse passado quer futuro próximo, era como se nada tivesse havido ou estivesse para acontecer.

Na verdade, a história dele era menos a do filho esquizofrênico do que a do cliente escocês, porque bastou o velho milionário entregar a sua fortuna ao administrador com o objetivo de passar os últimos anos de sua vida cuidando dos seus cavalos e dos seus castelos para se dar um fato extraordinário, ainda mais do que tudo o que tinha contado até então. Por alguma razão desconhecida, a cuja busca se resumira boa parte das tarefas do administrador antes de se render à sua inutilidade, o velho milionário sumiu da noite para o dia. Fora visto pela última vez assistindo ao espetáculo de um dançarino de butô no festival de verão de S., e isso fazia quase dez anos. O fato foi muito alardeado porque, ao que parece, o escocês teria conseguido impedir na última hora que o bailarino japonês fosse eletrocutado ao pisar dentro de uma espécie de piscina construída no meio do palco, onde estava previsto que dançasse sua coreografia. O velho escocês pulou no palco com toda a sua idade, interrompendo o espetáculo alguns segundos antes do desastre, com o japonês já esticando o pé devagar para dentro da água, onde teria sido instantaneamente eletrocutado diante de uma platéia de mais de mil pessoas. Na época, falou-se de um atentado, que era a principal hipótese, já que o bailarino era a única testemunha de um crime da Yakuza nos arredores de K. O estranho é que o plano tivesse sido posto em prática em S., do outro lado do mundo. Por que a máfia japonesa teria planejado um atentado num lugar onde seu controle da situação era evidentemente precário? E como o velho escocês teria podido impedi-lo? Como é que sabia? Nem chegou a dar um depoimento oficial à polícia, porque bastou salvar o dançarino de butô para desaparecer, levantando com sua fuga uma segunda hipótese — que, embora mais plausível, mantinha-se sem explicação —, a de que tivesse sido ele mesmo, o milionário escocês, o autor daquele pseudo-atentado frustrado e que a sua intervenção repentina no palco ou era fruto de arrependimento ou o clímax de uma impostura para se fazer de herói. O administrador não acreditava nisso. Para ele, seu cliente teria de fato salvado o dançarino de butô de um espetáculo dantesco mas talvez, não podendo explicar o fato de saber do atentado previamente ("Uma intuição talvez, um sexto sentido", disse o administrador. "Isso pode acontecer") e percebendo que qualquer explicação soaria

37

inverossímil e que a lógica apontaria necessariamente para ele como principal suspeito, tenha decidido abandonar a cena para sempre. Ao longo de todos esses anos, em momento algum o cliente procurou o administrador para lhe pedir dinheiro. Depois de toda uma vida trabalhando para alargar e manter sua fortuna, quando afinal tinha decidido dedicar seus últimos anos ao que no fundo gostava, seus cavalos e seus castelos, o milionário se via obrigado a voltar a ganhar a vida para sobreviver (assim imaginava o administrador), e ainda por cima com uma outra identidade. A ironia não podia ser maior.

   A esta altura, a mesa já tinha parado de falar e acompanhava a história do administrador com atenção. Foi quando M. o interrompeu de novo, dessa vez com um aparte provocativo, com que tentava recuperar as rédeas da noite. Lembrou que os jornais sensacionalistas chegaram a levantar a hipótese, que o administrador garantia ser falsa, de que o velho escocês e o dançarino de butô já se conhecessem, que o escocês tivesse armado todo aquele circo simplesmente porque estava louco de amor pelo dançarino de butô, e não era correspondido, e que se sumiu foi mais de vergonha do que de medo de ser preso. M. aproveitou para revelar que aquele era, na realidade, o mesmo dançarino de butô que ele e C. tinham encontrado uma vez, num jantar no apartamento do filósofo, a que havia comparecido uma dezena de intelectuais e artistas de P. Todo mundo estava morrendo de fome e o japonês continuava fazendo suas evoluções com a lentidão e as torções de uma lesma num canto da sala à luz de vela, quando M. e C. decidiram que não iam agüentar até o fim e saíram à francesa — na verdade, ele disse "à inglesa"; essas expressões variam muito de um país para outro.

   O administrador garantiu, rindo, que aquela hipótese era a mais esdrúxula de todas. Se o milionário e o dançarino de butô se conhecessem previamente, o administrador teria sido o primeiro a saber. Era o homem de confiança do escocês, controlava cada tostão de sua fortuna e sabia exatamente para onde ia cada centavo do que ele gastava. Além disso, não era à toa que tinha sido escolhido por ele. Havia uma cumplicidade entre os dois e em diversas ocasiões o administrador também lhe servira de confidente, o que o deixava ainda mais surpreso com o rumo inesperado dos acontecimentos.

A., que tinha conhecido o milionário por intermédio do administrador, veio em socorro do amigo, para confirmar que nada podia justificar aquele sumiço, muito menos algum tipo de pudor ou vergonha, como havia sugerido M., uma vez que ao longo de toda a sua vida o velho escocês nunca havia escondido nada de ninguém e que os jornais sensacionalistas só podiam alcançar algum eco junto aos leitores que não tivessem conhecido o milionário ("Justamente", replicou M., mas foi logo interrompido), porque do contrário saberiam que eram descabidas aquelas ilações. Ele não teria por que se envergonhar se estivesse louco de amor pelo dançarino de butô, ainda mais num momento em que tinha se desprendido de tudo para passar seus últimos dias do jeito que bem entendesse. Descartadas, portanto, todas as hipóteses, sobrava apenas um mistério insolúvel, que o administrador parecia gerir junto com a fortuna do cliente, sem saber exatamente para que ou para quem, já que não deixara herdeiros.

Nos primeiros anos após o desaparecimento do velho, o administrador contratou vários investigadores e, não obtendo qualquer resultado, acabou abrindo mão de todo o esquema que tinha montado, inclusive do sistema de recompensas em troca de informações, para passar a viver com a fantasia obsessiva, que aos poucos foi se transformando numa espécie de assombração para terminar relativamente sublimada, de um dia vir a esbarrar no milionário, na rua, vestido como um mendigo ou debaixo do guarda-chuva de um homem qualquer que volta para casa depois de uma jornada de trabalho. Agora vivia do dinheiro e para o dinheiro de um homem que existia (ou podia não existir mais) apenas em tese, em algum lugar sem que ninguém soubesse onde. Era uma situação das mais absurdas. Seguia administrando a fortuna do homem que agora tinha se tornado só uma abstração.

A herdeira dos laticínios, que devia entender do assunto, perguntou se ele não tinha cogitado a possibilidade de uma fundação, onde o dinheiro pelo menos teria alguma utilidade. O administrador respondeu que, para isso, dependia da abertura do testamento, mas a situação era ainda mais absurda nesse caso, pois, sem qualquer indício da morte do cliente, ficava legalmente de mãos atadas. Pelo menos pelas leis de S.

M. deu uma gargalhada nessa hora. Não estava contente com o curso da noite. Disse que era evidente que o milionário só podia estar louco, nem que fosse só por se apaixonar pelo dançarino de butô, e lançou um sorriso sarcástico para C. O administrador lembrou que essa era apenas uma hipótese, das mais esdrúxulas, repetiu, levantada pelos tablóides sensacionalistas. G. desviou a conversa primeiro para a crise financeira mundial, sem grande sucesso, e depois, visto que com aquilo só parecia ter aumentado o constrangimento, para o campo das amenidades, tomando a iniciativa de se levantar e ir retirando os pratos das entradas enquanto anunciava que o prato principal já devia estar quase pronto, pedindo ao mesmo tempo a H. que fosse dar uma olhada. Por um instante, enquanto G. não voltava com a travessa do peixe nas mãos, seguido por H., que trazia os acompanhamentos, a mesa caiu num silêncio mortal. Foi A. quem primeiro tomou fôlego para fazer um elogio à apresentação dos pratos, dirigindo-se a G. com uma expressão que, a meu ver, embora já não me lembre qual era, tinha um outro sentido embutido, tanto que logo capturou a atenção do zulu. Senti um nervosismo no olhar que o sul-africano deu na direção de A., como se quisesse preveni-lo de alguma coisa que já não podia dizer em público, embora eu tenha chegado a essa conclusão a posteriori, tentando entender o que havia acontecido naquela noite, e com isso fazendo deduções e interpretações que podem muito bem não ter o menor fundamento.

Já estávamos no meio do peixe quando um dos dois freqüentadores de academias de ginástica começou a falar, já não sei por quê, da aventura por que tinham passado escalando os Alpes duas semanas antes. Quase morreram. Foram surpreendidos por uma avalanche. O guia ficou pendurado sobre um abismo por mais de meia hora até chegarem os socorros. E os dois freqüentadores de academias de ginástica, que conseguiram se proteger atrás de uma pedra, e depois também tiveram de ser içados por um helicóptero, pois o caminho que tinham feito para chegar até ali já não existia, disseram que durante aquela meia hora, como é de praxe, a vida inteira lhes desfilou diante dos olhos. O mais baixo começou a contar o que tinha visto, enquanto o mais alto, ouvindo atento, provavelmente pela centésima vez e sem o menor sinal de tédio, levava uma garfada do peixe à boca. O mais baixo disse que a primeira coisa que lhe veio à mente foi o dia em que o avô, um oficial nas guerras coloniais, chegou em casa, depois de meses de ausência, sem uma perna, e, ao ver o neto, virou-se para ele, amargo, e disse: "É isso que dá querer ajudar esses negros", para nunca mais dizer nada de muito significativo, até sua morte, vinte anos depois, de simples infarto, ao descobrir que o neto tinha roubado a chave da Ferrari que ele guardava numa garagem desde o início da guerra, como peça de colecionador. Ao que, já tendo engolido sua garfada, o mais alto tomou a palavra, interrompendo a história do outro, para contar o que tinha visto nos Alpes, à beira da morte e do precipício. Disse que a primeira coisa que lhe veio à cabeça, no alto da montanha, protegido atrás da pedra, foi por coincidência também uma imagem de guerra, mas que nunca tinha vivido, porque era o clímax do mesmo pesadelo que o havia perseguido por várias semanas depois de ter assistido, na infância, enquanto cabulava aula, a um filme histórico sobre as guerras napoleônicas que naturalmente não era indicado para um menino da sua idade. Não se tratava de nenhuma violência explícita, mas psicológica. Era a cena de um soldado pedindo para ver o filho que não conhecia antes de ser fuzilado, e se dando por satisfeito ao receber nos braços uma criança qualquer que lhe mostraram na falta da verdadeira, vítima das atrocidades da guerra, enquanto um oficial dizia aos subalternos constrangidos com a impostura que nada daquilo tinha a menor importância, uma vez que o soldado conheceria de qualquer jeito o filho verdadeiro assim que fosse executado, no céu. E dessa vez foi o mais baixo que aproveitou a deixa para interromper o mais alto, dizendo que naquela mesma manhã, antes de ir à praia, estiveram no palácio de Napoleão — que C. e eu tínhamos visto à distância quando saímos do porto, ao chegarmos a E. — e não acharam muita graça. Segundo o que A. dissera a C., enquanto jogavam tênis, e que C. nos repetiu ao chegar ao mosteiro no final da tarde, antes do jantar, os dois freqüentadores de academias tinham se esmurrado no quarto do imperador exilado, cercados de turistas, uma verdadeira cena, e foram obrigados pelos seguranças a deixar o prédio.

  Vinham brigando e fazendo as pazes desde que chegaram à ilha. Nas brigas eles se esmurravam, e depois reatavam aos beijos. A. já não agüentava mais. Era mais do que compreensível. Era acordado no meio da noite com os gritos e murros no quarto ao lado e se via na obrigação de se levantar para apartar os dois. A herdeira dos laticínios e o administrador aparentemente não diziam nada, embora achassem, pelo que acabou nos revelando G. no dia seguinte, que A. devia selecionar melhor seus convidados. Não diziam nada porque sabiam que, no fundo, A. só podia ter algum prazer com aquilo, tanto que os convidava. A presença dos dois freqüentadores de academias dava à casa um toque de vulgaridade, um pouco de tempero, relativizando a boa educação e o comedimento dominante na vida e ao redor de A. Os dois eram a manifestação do que se mantinha reprimido sob as aparências, o que A. não conseguia expressar. E, ao que tudo indicava, o mesmo ocorria com o tão aguardado ator brasileiro, que esperamos durante todo o jantar, mas que só chegou à ilha no dia seguinte. Ao que parece, porque não cheguei a vê-lo; deduzi que era sua voz, na noite seguinte, quando fui testemunha de uma cena das mais inverossímeis.

C. nunca me falou de suas tardes com A., quando jogavam tênis nas quadras do outro lado da ilha. Voltava sempre radiante, dizendo ter perdido mais uma vez, e era tudo. No dia seguinte, saía de novo de mobilete, sempre na mesma hora, de onde quer que estivesse. Em momento algum durante todo o jantar achei que A. tivesse dirigido um único olhar que fosse a C. — ou mesmo que tivessem entabulado algum tipo de conversa — cujo interesse fosse outro que não o de fazer a divulgação do livro da amiga herdeira dos laticínios. Várias vezes, quando eu não resisti e me deixei guiar naturalmente para a figura de A., fui surpreendido pelo seu olhar, que também me confrontava, sempre me obrigando a desviar ou abaixar o rosto, envergonhado mas também com a estranha sensação de que ele já me observava antes, e sem saber por quê. A impressão que eu tinha (a minha fantasia) era de que A. estava de alguma maneira interessado em mim e que a herdeira dos laticínios e o administrador de grandes fortunas já sabiam, e por isso eram simpáticos comigo, tendo este último inclusive me convidado para visitá-lo em S., assim sem mais nem menos, sob a expressão de aprovação de A. Acho que foi graças a essa fantasia que eu acabei me confundindo com o significado daquela "mensagem" que o zulu havia me transmitido ao me entregar aquela caixinha de madeira com quatro iniciais toscas entalhadas a canivete na tampa. Por um tempo tentei acreditar que eram para mim, e que ele não havia se enganado. Quem se enganava era eu. Foi graças a essa fantasia, eu acho, porque ninguém pode ser tão burro, que eu deixei de ver o que devia ser óbvio.

Depois do jantar e dos fogos, quando todos já tinham ido embora, C. e eu ainda ajudamos G. e H. a tirar a mesa antes de nos recolher ao quarto dos fundos, atrás da sacristia. Foi só depois de C. já ter dormido que eu me levantei, peguei a caixinha de madeira que tinha guardado no bolso da calça e saí para examiná-la, com uma vela na mão, como se fosse ao banheiro, que ficava do lado de fora, a alguns metros morro abaixo. Na tampa, que era de madeira escura, tinham sido entalhadas às pressas, provavelmente com um canivete ou uma faca de ponta, porque o resultado, ao contrário do acabamento do resto da caixinha, era bastante tosco, quatro iniciais: VMDS. Passei o dedo sobre o relevo das letras. Examinei-as longamente à luz de vela. Tentava arrancar das iniciais algum significado. Queria entender o que diziam. No início, embora tenha desconfiado quando o zulu me tomou pela mão, ao chegarem ao mosteiro, com toda aquela cumplicidade que eu não entendia, ainda quis acreditar que pudesse ser realmente para mim a mensagem indecifrável. Mas se não conseguia nem saber de onde vinha, muito menos entendê-la, era das duas uma: ou porque a minha burrice, maior do que a minha consciência permitia vê-la, bloqueava o óbvio (essa hipótese era, no fundo, efeito da fantasia que me fazia ver, só porque eu queria, algum interesse no olhar de A.) ou porque de fato a caixinha de madeira tinha caído nas mãos erradas. Estava de certa forma claro que a pessoa que devia recebê-la já a esperava, já devia ter tido uma prévia, tinha de conhecer o sentido das iniciais e a identidade do emissor. Fiquei com a caixinha entre os dedos, e as quatro iniciais: vmds, fazendo várias combinações para formar com elas uma frase, que nem sempre fazia muito sentido: "Vous M'avez Donné le Salut", "Volonté, Modernité, Demodé, Santé" (que, além do tom de piada, podia esconder uma outra mensagem, em código), "Voici Ma Dédicace Sublime", "Volontiers Mais Drôlement Sensible", "Voulez vous Manifester Dès que Sorti" e por fim, depois de também tentar extrair nomes próprios das letras (Vincent, Marie, Daniel, Sandrine etc.): "Viens à la Maison Demain Soir", que acabou se tornando na minha cabeça, embora sem nenhuma garantia ou confirmação, o sentido mais plausível para as iniciais.

De qualquer jeito, fosse quem fosse o destinatário, eu jamais o descobriria, porque, não tendo recebido a mensagem, não poderia ocorrer a essa pessoa escapar do mosteiro na noite seguinte para se encontrar com A., que também de acordo com uma suposição minha seria o verdadeiro remetente, que (outra suposição minha) ele tivesse usado o zulu, em quem podia confiar — porque era o único a não conhecer ninguém ali, tanto que se confundiu —, como mensageiro. Passei o resto da noite e o dia seguinte, enquanto observava G. e H. na praia (podia ser qualquer um dos dois), matutando uma estratégia para esclarecer o enigma. Só com o cair da tarde é que eu compreendi afinal que, para descobrir, teria que assumir o papel da pessoa a quem tinha sido enviada a caixinha de madeira com as quatro iniciais.

Pouco antes de terminar o peixe, M. reclamou pela primeira vez de dor de cabeça. Disse que precisava de um comprimido e que ia até a farmácia no vilarejo. Tentaram demovê-lo, convencê-lo de que estava fechada àquela hora da noite, que não podia sair naquele estado. Ele retrucou que estava se sentindo muito bem, fora a dor de cabeça, precisava de um pouco de ar. G. se ofereceu para ir ao vilarejo comprar o remédio. M. disse que não precisava, queria dar uma volta. G. disse que ia pegar a chave e o levava de carro. M. também recusou. Disse que queria ir sozinho. Era um pulo, em vinte minutos estaria de volta. Apesar do constrangimento que a sua determinação causou no meio do jantar, ninguém ousou contrariá-lo, como os personagens que não se revoltam contra o autor, eu pensei, incomodado com aquela situação absurda, já que era evidente que ele não tinha condições de ir ao vilarejo sozinho, ainda mais à noite, e dirigindo. Mas ninguém o impediu. Nós o ouvimos dar a partida no carro de H., enquanto tirávamos a mesa. Foi ele sair e um começou a recriminar o outro por tê-lo deixado ir sozinho, ao que C. tentava pôr panos quentes, defendendo que era impossível contrariá-lo. Passaram-se vinte minutos, trinta, e como ele não voltava a tensão na mesa começou a subir. Tinham decidido esperar sua volta para servir a sobremesa. G. já estava a ponto de sair à procura de M., com o carro emprestado de A., quando alguém bateu na porta do jardim. Olhamos uns para os outros. Era estranho que não tivéssemos ouvido nenhum barulho de motor. Talvez o carro tivesse quebrado no caminho e ele voltado a pé, o que explicava a demora. Mas não teria precisado bater à porta. G. correu até a entrada. Nós esperávamos em silêncio, apreensivos. Mas em vez de M., ouvimos uma outra voz. Ficamos ainda mais preocupados. A. chegou a se levantar, achando que alguma coisa tinha acontecido com M. Depois de alguns segundos, G. voltou à mesa no jardim, ao mesmo tempo surpreso e decepcionado, e disse que era um rapaz do vilarejo a quem um sujeito falando inglês teria pagado para ir até o mosteiro chamar um tal senhor, e disse o nome do administrador de grandes fortunas, que se levantou lívido, depois de um instante de choque. "Não é possível!", exclamou. "Depois de tantos anos. Ele me seguiu até aqui!" O rapaz dissera a G. que o sujeito estava esperando o tal senhor — e repetiu o nome do administrador de grandes fortunas — num boteco do vilarejo. Antes que o administrador pudesse dizer qualquer outra coisa, A. já lhe estendia a chave do carro. Estávamos todos perplexos. O administrador saiu às pressas, extremamente perturbado, derrubando o copo de vinho na toalha branca. A. ainda perguntou se ele queria que o acompanhasse, mas o administrador não respondeu. O rapaz entrou no carro com ele. Nós o ouvimos arrancar a toda pela estrada de terra, deixando uma nuvem de poeira. A herdeira dos laticínios, olhando consternada para A., perguntou se não era perigoso tê-lo deixado ir sozinho. Ninguém respondeu. A. olhava para o chão. Refletiu em voz alta: "É incrível que ele tenha reaparecido agora, justo nesta noite em que estávamos falando dele". Ninguém disse mais nada. Até nos esquecemos de M. Em dez minutos ele estava de volta, satisfeito, já sem reclamar da dor de cabeça, dizendo que tinha cruzado com um carro a toda pela estrada. G. lhe explicou o que tinha acontecido, ao que ele não pareceu dar muita bola. Passamos à sobremesa. O administrador não voltou mais naquela noite. Durante um tempo, ficamos elucubrando o que poderia estar acontecendo com ele no vilarejo. Ninguém perguntou a M. se tinha achado a farmácia aberta. E, no dia seguinte, estávamos de tal forma curiosos — pelo menos foi o que eu achei, com certeza projetando a minha própria curiosidade nos outros, tanto que insisti no assunto com as minhas perguntas inconvenientes — pelo desfecho do reencontro entre o administra-

47

dor e o milionário escocês, depois de tantos anos, que G. acabou arrumando uma desculpa para passar na casa de A. antes de sairmos para a praia, pela manhã. Na verdade, depois concluí sem ajuda de ninguém, G. deve ter decidido passar lá mais para pedir desculpas pela noite anterior do que para perguntar o que tinha acontecido no boteco do vilarejo. Naquele dia, excepcionalmente, porque A. tinha de levar o irmão, o zulu e os dois freqüentadores de academias ao aeroporto, onde iam tomar o avião para P., C. não teria seu parceiro de tênis. A espera no aeroporto podia levar a tarde inteira, já que era um vôo charter, e A. estava disposto, em sua solicitude habitual, a ficar até a decolagem — além do mais, aproveitaria para pegar o ator brasileiro, que tinha telefonado para se desculpar do atraso e avisar a hora de chegada do seu vôo, programada para pouco depois da partida do irmão e dos freqüentadores de academias. Ao voltar e nos encontrar ansiosos à mesa do café da manhã, G. contou que, na véspera, já não havia ninguém quando o administrador de grandes fortunas chegou ao boteco do vilarejo, acompanhado pelo rapaz.

O jantar seguiu o seu curso com a sobremesa e o café. Já não esperávamos o ator brasileiro. M. estava animado de novo, como quando tinha registrado em vídeo o interior da nave da igreja repleta de velas. Tinha em mente um outro espetáculo pirotécnico, e aos poucos a ausência do administrador de grandes fortunas foi se esvanecendo nas nossas cabeças assim como a expectativa da sua volta e do que teria para nos contar sobre o seu inesperado reencontro com o milionário escocês. A preparação do espetáculo com os fogos de artifício passou a ocupar a cabeça de todos. M. tinha conseguido mais uma vez. Tinha sido introduzido na pirotecnia por B., o mágico, de quem se tornara amigo depois de uma entrevista que também acabou lhe valendo a demissão da revista em que trabalhara quando jovem, e o início de sua carreira literária. Naquela época, B. já tinha caído em desgraça. Fora um mágico de renome internacional até poucos anos antes da entrevista. Seu pecado maior tinha sido errar, diante de uma platéia de centenas de pessoas, um de seus truques mais celebrados. O motivo da entrevista era justamente o erro. Nunca se entendeu por que B. havia errado aquele truque, se tinha sido de fato um erro, ou se fizera de propósito. Quando a revista mandou M. entrevistá-lo, anos depois, agora que estava esquecido e ninguém mais queria entrevistá-lo, agora que não recebia mais nenhuma oferta, não pagariam para vê-lo nem pintado, o motivo não era outro: na procura de pautas para a revista alguém em alguma reunião tivera a brilhante idéia de tentar desvendar o que havia acontecido com B., o mágico, anos antes. Mas, se é que chegou a saber, M. nunca revelou a verdade. E por causa desse artigo, uma divagação filosófica sem pé nem cabeça sobre a mágica em geral por um jovem pretendente a escritor, acabou demitido da revista e começou a escrever seus próprios livros. Era um artigo que não dizia nada. M. chegou à casa do mágico no meio de uma tarde de quarta-feira — e ao que parece, ao que contava ao menos, só saiu de lá na sexta de manhã. A conversa foi se estendendo noite adentro, pararam para jantar, retomaram a entrevista, pararam mais uma vez para dormir, e assim por quase dois dias mantiveram uma conversa que parecia não poder acabar, sobre a mágica. No artigo de M. só foram reproduzidos os lugares-comuns — o que levava a crer, pelo menos para os amigos que tanto o prezavam, que ele tivesse omitido alguma coisa. Não podiam ter mantido um diálogo de lugares-comuns por dois dias, como o resto da vida. Uma entrevista não podia ser como o resto da vida. Lembro de C. me dizer, me pedindo ao mesmo tempo para guardar segredo, que B., o mágico, havia contado a M.

exatamente o que acontecera, a razão daquele erro, e que se M. não dizia nada no artigo era porque o que o mágico lhe revelara na entrevista era de fato muito importante. Me lembro de não ter entendido a lógica de saída: alguma coisa tão importante que não podia ser repetida? C. me disse que a razão principal era que a verdadeira mágica só podia surgir das falhas, dos erros justamente, e nunca das fórmulas, mas que isso ninguém tinha entendido ou querido entender na hora, com aquele erro. E que qualquer explicação seria o fim daquela mensagem. Se não tinham entendido no ato, depois também não havia explicação possível. Qualquer tentativa posterior pareceria desculpa, tamanho o radicalismo e a generosidade daquele ato para mostrar que a verdadeira mágica só pode vir das falhas e dos erros, nunca das fórmulas, uma coisa óbvia, mas que realmente, e eu concordei, só podia soar inverossímil na boca de um mágico profissional tentando explicar o próprio erro. Ao tomar aquele caminho, ao optar pela revelação por meio do erro, B., o mágico, tinha não apenas jogado toda a carreira por água abaixo mas assinado sua condenação ao silêncio. Nunca mais se apresentaria como mágico e nunca mais abriria a boca. O ato mais radical para aquele homem. M. ficou tão encantado ao entender o que havia acontecido, tão fascinado com aquele homem disposto a pôr tudo a perder em nome da verdade, uma verdade contra as fórmulas e as aparências, o óbvio, mas que ainda assim não podia ser repetido, ficou tão perturbado que em seu artigo em que não dizia nada de nada acabou fazendo uma elegia infantil de B., o mágico, sem no entanto, consciente dessa impossibilidade, revelar o que estava por trás daquele erro, e com isso terminou por ser demitido também. C. me disse que em seu encontro com o mágico M. havia por fim entendido que o óbvio não pode ser dito, nunca, que a verdade do óbvio é potente demais para ser repetida ou explicada, que o óbvio será sempre um ato puro e incompreensível, condenado à inverossimilhança das explicações. O encontro com o mágico tinha levado M. a só escrever o que não pudesse ser explicado — daí seus livros parecerem tão óbvios, me lembro de ouvir C. dizer, tentando me explicar o que havia de bom neles. Daí ter sido demitido da revista. "A literatura é o que não pode ser explicado, o contrário do jornalismo", C. me disse, num dia em que estava particularmente irritado comigo.

Desde o fatídico erro, B., o mágico, tinha deixado de se apresentar em público, atendo-se a sessões privadas de pirotecnia que inspiraram M. pelo resto de sua vida, e em especial naquela noite em E. A cada um dos convidados foi designado um lugar no morro, formando um hendecágono, segundo M., mas a bem dizer um círculo, em volta do mosteiro. A ordem, em sentido horário, começava no poente com o próprio M., que organizara tudo, e seguia com C., A., a herdeira dos laticínios, H., os dois típicos freqüentadores de academias de ginástica, eu, o zulu, o ex-campeão de tênis e G. Cada um trazia um petardo na mão. M. tinha instalado sua câmera de vídeo num tripé, voltada para o mosteiro. Apagamos todas as velas e saímos cada um para o seu lugar designado. Ao sinal de M., um grito, devíamos acender os fogos que, apontados para o alto e para o centro do círculo, iluminariam instantaneamente o mosteiro ao explodirem. Não tínhamos nada além de uma caixa de fósforos cada um para iluminar nosso caminho pelo morro, enquanto nos afastávamos cem passos do mosteiro, como M. havia determinado. Eu ia contando os passos largos, na direção que ele havia me indicado, na mais completa escuridão, esperando apenas a hora em que ia cair num buraco ou topar com uma pedra. Me lembro de que, embora ofegante, com a respiração retumbando nos ouvidos, mais por apreensão e nervosismo do que cansaço, mesmo se, no meu caso, o percurso fosse morro acima, tinha a impressão de estar ouvindo a respiração de todos os outros, ecoando na noite escura enquanto se afastavam do mosteiro, fazendo coro comigo. A idéia era evitar que acendêssemos os fósforos ao longo do caminho — a não ser em caso de extrema necessidade —, para só fazê-lo ao chegarmos às nossas bases, como um sinal, para que M. pudesse não só saber que tínhamos alcançado nosso posto mas avaliar nossa localização no conjunto e fazer eventuais correções. Eu não tinha entendido direito como ele faria essas eventuais correções. A única combinação era que, ao ouvi-lo gritar, devíamos acender os fogos. Não havia outra instrução. No meio do caminho, tropeçando aqui e acolá, com medo de cair mas sem coragem de acender um fósforo numa situação que ainda não era de extrema emergência, e estragar tudo, de repente tive a certeza de que aquilo não podia dar certo. Além da câmera de vídeo, M. também tinha instalado uma máquina fotográfica num outro tripé, igualmente apontada para o mosteiro. Todo mundo tinha acatado seus desígnios sem questioná-los. Até mesmo o ex-campeão de tênis, o que a mim pareceu estranho, já que tinha sido o único a pôr em dúvida o espetáculo de velas no interior da igreja, ironizando, como ninguém fazia, as pretensões daquela apropriação religiosa que, aparentemente iconoclasta, não deixava de reafirmar um outro tipo de religião, como havia dito o próprio administrador de grandes fortunas — e não era à toa, como depois eu vim a entender, que ele não estivesse mais ali, o administrador de grandes fortunas, entre nós. Assim que cheguei à minha suposta base, a cem passos do mosteiro, morro acima, virei-me para o interior do círculo e acendi um fósforo, como combinado. Quase simultaneamente, com intervalos de alguns segundos no máximo, os outros dez fósforos também foram acesos. Do alto do morro, acima do mosteiro, eu podia ver todos os outros dez pontinhos luminosos no meio da escuridão, inclusive os diametralmente opostos, que para mim ficavam atrás do prédio, graças à inclinação. Via os pontinhos luminosos mas não as pessoas que os seguravam. Agora era só esperar o grito de M., quando estivesse tudo preparado, a câmera de vídeo e a máquina fotográfica, para que pudesse registrar o mosteiro no exato instante das explosões. Alguns fósforos ainda estavam acesos quando ouvi o grito e, mesmo achando que tinha sido muito rápido, tinha vindo antes do esperado, risquei outro fósforo e acendi a ponta do petardo. Em alguns segundos começaram as explosões, que abafaram o que de início tive a impressão de ser novos gritos e que pude confirmar ao final da série de estouros, quando do espetáculo de fogos sobre o mosteiro não restava mais que a noite escura. Do meio do silêncio e da escuridão vinham agora aqueles gritos alucinados e depois o burburinho inflamado de vozes discutindo, que chegavam até mim trazidas pelo vento — mas não o sentido do que diziam. É verdade que os fogos não explodiram exatamente ao mesmo tempo, o que era de se esperar, mas também que houve um bem mais atrasado que os outros. Alguma coisa não tinha funcionado e eu ainda não entendia bem o quê, enquanto voltava ao mosteiro, descendo o morro que para mim tinha ficado ainda mais escuro depois do clarão instantâneo dos fogos. Conforme fui me aproximando, pude ouvir as vozes de M., G., H. e C. e só quando já estava praticamente no jardim do mosteiro é que discerni também a do ex-campeão, explicando-se: "Mas o que eu podia fazer? Queimei o dedo com o fósforo".

    Depois que foram embora, C. me resumiu o que havia acontecido. O ex-campeão tinha gritado antes que M. pudesse fazê-lo — antes de estar preparado para registrar o mosteiro sob o clarão dos fogos. Gritou, segundo ele mesmo, por ter queimado o dedo com o primeiro fósforo, que tinha acendido, como combinado, apenas para que M. pudesse avaliar sua localização. Mas era claro que não tinha gritado de dor, ou porque tinha queimado o dedo, e sim para provocar e estragar tudo. Era o que M. esbravejava, coberto de razão, quando me aproximei do mosteiro, com G., H. e C. tentando pôr panos quentes, argumentando que não tinha importância, haveria outras oportunidades. Mas nada era capaz de acalmar M. A certa altura, G., não resistindo, virou-se para o ex-campeão e lhe perguntou afinal por que tinha feito aquilo. O ex-campeão não respondia e era difícil definir naquele breu se sorria ou não. Por fim, A. tomou a iniciativa e disse que era melhor irem embora. Confabulou com G., pedindo desculpas pelo irmão. Tanto A. como o zulu, a herdeira dos laticínios e até os dois freqüentadores de academias estavam muito constrangidos. Agradeceram muito pelo jantar, várias vezes, a M., que mal os ouvia, a G., H. e mesmo a C. e a mim, que não tínhamos feito absolutamente nada. Depois de o carro partir, deixando uma nuvem de poeira para trás, com os seis apertados ali dentro, já que o administrador de grandes fortunas tinha saído com o outro carro para pressupostamente se encontrar com o milionário escocês, e depois de pedir para ficar sozinho a uns metros do mosteiro enquanto era consolado por G., M. entrou na igreja e deixou cair, quebrando-o, um santo de cujo nome já não me lembro.

Quando o ex-campeão deu o seu grito, todos, inclusive o próprio M., percebendo que tinha perdido as rédeas e tentando remediar o equívoco, acenderam seus petardos, mas como a câmera de vídeo e a máquina fotográfica não estavam prontas, não restou nenhuma imagem do espetáculo. O último rojão a explodir foi o do próprio ex-campeão, fechando a cena com a sua assinatura aparentemente desastrada. M. tinha menosprezado a capacidade de interferência do ex-campeão, provavelmente devido ao silêncio dele durante quase todo o jantar. Não pensou duas vezes em pôr o administrador de grandes fortunas dali para fora, como depois pareceu ter ficado claro para todos, mas se queria assegurar o seu reinado deveria ter desconfiado também do ex-campeão de tênis, que já anunciara na igreja o seu desdém pelo que M. fazia. Ao que parece, porque foi C. que depois me deu a entender isso quando recebemos no dia seguinte a notícia — óbvia, menos para mim — de que não havia ninguém esperando ninguém em bar nenhum na noite anterior, ao sair para comprar um remédio na farmácia do vilarejo M. já tinha na cabeça não a dor de que reclamava como pretexto mas todo o plano para se livrar do administrador. Não é de todo impossível que, ao contrário de mim, todos ali já tivessem percebido aquele capricho de M. e seu comportamento no mínimo repreensível, e que a atitude do ex-campeão, estragando a última cena da noite, não passasse de uma vingança em solidariedade ao administrador de grandes fortunas. Ao que parece, M. foi até o vilarejo e pagou um rapaz que bebia sozinho num botequim para que fosse até o mosteiro avisar ao administrador de grandes fortunas que um velho falando inglês o esperava. É muito possível que, na hora em que o rapaz bateu à porta do mosteiro, nem todos tenham se dado conta do engodo que ali se representava. Talvez apenas G., que já devia ter suspeitado de alguma coisa desde que tivera recusada sua oferta para conduzir M. ao vilarejo. Mas assim que M. voltou, já sem fazer qualquer reclamação quanto à dor de cabeça, como se com isso quisesse deixar claro o que tinha acontecido, sem escrúpulos, como uma ameaça aos que não acatassem seus desígnios, parece que eu na minha ingenuidade fui o único a não desconfiar de nada. A história se confirmou no dia seguinte, quando A. contou a G. que o administrador naturalmente não tinha encontrado velho escocês nenhum no bar do vilarejo, preferindo voltar para casa a ter de se confrontar com M. no mosteiro. Era um homem elegante, pouco afeito aos escândalos, o que teria sido inevitável se retornasse à cena do jantar. Parece que só eu continuei a acreditar na curiosidade dos outros em relação ao suposto encontro do administrador com seu cliente milionário depois de M. ter voltado, para dar continuidade, agora sem empecilhos e interrupções, à sua orquestração da noite. Nesse sentido, não é implausível que o ex-campeão tenha simplesmente se vingado em nome dos convidados, em nome do administrador em especial, e que todo o jantar, que a mim pareceu tão mágico, não tenha passado de um pesadelo para quem compreendia aquela linguagem sub-reptícia que traduzia nas entrelinhas um combate por baixo do pano, enquanto na superfície a conversa parecia ser em grande parte das mais educadas. Parece que só eu não entendi que aquele jantar foi um fracasso, não só de bons modos mas de convívio humano em geral.

Dos interesses mais evidentes entre os convidados saltava aos olhos, por exemplo, depois de um primeiro momento sem lhe dirigir a palavra ou mesmo o olhar, o de A. por C., que durante a segunda parte da noite eu atribuí apenas à intenção de convencê-lo a escrever uma resenha sobre o livro da herdeira dos laticínios, com lançamento previsto para breve. Não me passava pela cabeça que pudesse haver outra coisa. O jogo ali era claro. À herdeira não cabia mencionar nem uma frase sobre seu livro, deixando a A. a tarefa de divulgá-lo entre os presentes e sobretudo a C., que escrevia para um jornal importante. Primeiro, A. introduziu aquela conversa mole, dizendo que a herdeira estava para lançar um romance que tinha muito de autobiográfico e que portanto provocaria uma verdadeira hecatombe, revelando coisas inimagináveis do jet-set internacional, onde ela circulava desde menina. H. perguntou se o nome das pessoas apareceria, se ela poderia reconhecê-los e se isso não dava processo, e a herdeira, ou agora autora, como A. chegou a chamá-la, fazendo-se de tímida, disse que seriam apenas iniciais, ao que M. sorriu com desdém, como se, tentando seguir um estilo que ele considerava praticamente monopólio seu, acreditando tê-lo ressuscitado com uma nova radicalidade e um novo sentido poético, ela confirmasse a superioridade massacrante e onipotente dele. Como se fosse impossível não imitá-lo. "São apenas iniciais", ela respondeu, "um roman à clef." A. a interrompeu antes que ela pudesse estragar tudo: "Há coisas escabrosas", disse. Foi a deixa para uma das poucas manifestações do ex-campeão de tênis: "Quem pode se interessar por essa gente além dela mesma?". Só quem não quisesse não percebia de quem ele estava falando. Falava de si mesmo, de sua família, do seu mundo e também, por tabela, daquele jantar. A. retrucou: "Você já ouviu falar de Proust?". É claro que não entendia nada de literatura. A réplica era das mais infelizes. A. nunca havia lido nada de Proust. Queria apenas que C. escrevesse sobre o livro da herdeira dos laticínios, e procurava uma cumplicidade. O administrador de grandes fortunas, que àquela altura ainda estava lá, interveio menos a favor de A. do que como um pacificador sem partido, provocando o ex-campeão: "Tenho certeza de que vai adorar as passagens que ela reservou para você". Todo mundo riu, e até ele, o ex-campeão, não conseguindo resistir, deixou transparecer um sorriso discreto que explicitava, para mim pelo menos, que nunca fui dali nem fazia parte daquilo tudo, que na verdade nada do que diziam tinha muita importância, tanto fazia a opinião que manifestavam uns contra os outros, porque no fundo sempre concordavam, tinham os mesmos desejos, almejavam as mesmas coisas, eram feitos do mesmo estofo. E de fato se auto-alimentavam, achando interessantíssimas as vidas uns dos outros. Desse ponto de vista, M. servia também como uma curiosidade; achavam ótimo jantar com um escritor conhecido que os incluiria em seu diário interminável, ratificando com um olhar externo, e por isso mesmo idôneo aos olhos deles, o interesse que já se atribuíam uns aos outros no círculo vicioso das suas relações.

O livro da herdeira dos laticínios começava, segundo A., com um passeio de dez pessoas num veleiro pela costa adriática. Foi naquele passeio que a herdeira, ainda uma menina, tinha chegado à "conclusão incontornável", segundo ela, de que se tornaria escritora. Estava com uma tia, com quem passava as férias. Uma princesa tinha desaparecido do barco, deixando todas as suas jóias a bordo e desencadeando uma série de conflitos entre os que ficaram sem saber o que fazer com aquele tesouro — "Mas esse é um filme dos anos 60", um dos dois típicos freqüentadores de academias de ginástica, o mais baixo, levantou a voz, sendo ignorado por todos que, ao contrário dele, sabiam muito bem do que estava tentando falar, conheciam inclusive o título do clássico em questão, de que ele não se lembrava. Não é difícil imaginar, embora ela garanta que tenha acontecido exatamente assim na realidade, que no livro as jóias acabam sendo roubadas, com uns jogando a culpa nos outros. "É uma espécie de Agatha Christie?", perguntou H., inocente, mas obrigando a herdeira a responder, sem conseguir controlar de todo a irritação, que pensava mais na questão psicológica e social do que realmente na questão policial, queria mostrar, com aquele episódio verídico que ela havia presenciado na infância, como aquele mundo era controlado pelo dinheiro. "O barco é um microcosmo, uma metáfora", explicou. "Do quê?", perguntou o ex-campeão de tênis. E A. se adiantou antes que ela pudesse se comprometer: "Como fotógrafo, você devia ter a resposta". E o ex-campeão, tirando o time de campo, como quem fala para dentro: "Não existe metáfora de si mesma", para em seguida virar-se para o namorado e sorrir. "O que aconteceu com as jóias na realidade?", M. perguntou diretamente à herdeira, tentando evitar o filtro de A. e deixando claro que estava mais interessado na história real do que em suas pretensões literárias. "E com a princesa?", acrescentou H.

A herdeira dos laticínios passou então a narrar os fatos que fizeram daquele passeio de barco com um punhado de ricos na sua infância o mote de seu "roman à clef". Disse que aqueles rostos ficaram gravados na sua memória, cada um deles sob suspeita — não descartava nem mesmo o da tia — não só de roubo mas de assassinato. Era uma história incrível, que chegou a ser noticiada na época mas que por alguma razão que ela não compreendia acabou esquecida como o mais insignificante dos acontecimentos. Uma semana depois do desaparecimento da princesa, de que eles deram parte à polícia num porto da região, as jóias desapareceram também, o que desencadeou um verdadeiro pandemônio a bordo do veleiro, e fez a desconfiança crescer entre todos até atingir um nível insuportável de suspeita com uma cena, indescritível segundo ela (mas então por que teria escrito?), de gritaria, em que todos se acusavam mutuamente numa delegacia de polícia já em território italiano. Naquele passeio de barco, todas as relações ali foram destruídas. Não sobrou nada entre as dez pessoas. A própria tia, que a tinha levado, terminou por perder não só os amigos mas o amante secreto, que a acusara de ladra depois de ela ter feito o mesmo em relação a ele. O sumiço da princesa, e de suas jóias uma semana depois, foi um furacão na vida daquela gente que se conhecia havia anos e se freqüentava como uma família. Não sobrou pedra sobre pedra. Por vinte anos, a história ficou sem solução. Aos poucos aquelas pessoas voltaram a se encontrar em festas e jantares, retomando a "conversa fiada das futilidades", dizia a herdeira, tentando deixar clara sua distância do mundo de onde vinha. Vinte anos depois, a princesa reapareceu de repente, quando o crime já havia prescrito, ostentando as jóias que foram roubadas, numa recepção para a qual evidentemente não podia ter sido convidada, já que era dada como morta por todos os presentes. Sua entrada no salão provocou um choque de que ninguém ali jamais se recuperou, embora não tivessem a coragem de mencioná-lo, preferindo carregar o espanto para o túmulo, ela disse rindo. A tia passou uma semana trancada no quarto, muitas vezes soluçando, segundo os empregados, mas um dia abriu a porta e voltou para as festas como se nada tivesse acontecido. Parece que a princesa cumprimentou um a um os companheiros de veleiro, e depois se recolheu para sua casa de campo sem nunca se dar ao trabalho de esclarecer o que havia ocorrido vinte anos antes, nem onde estivera desde então. É claro que para alguns, como a tia da herdeira, nem precisava, porque o simples fato de ter passado uma semana trancada no quarto soluçando já era prova suficiente de que tinha entendido muito bem o que se passara. Para a herdeira, a princesa tinha reduzido todos ao que realmente eram, reles seres movidos a dinheiro. O lugar-comum da conclusão que agora ela tirava da história, publicando seu livro em que os personagens eram identificados apenas por iniciais, deixava M. embevecido, querendo ouvir mais e se fazendo de estúpido: "Mas então foi ela mesma quem decidiu sumir, roubando em seguida as próprias jóias, para jogar na cara dos outros, vinte anos depois, o que no fundo eram?". E a herdeira, satisfeita com o que achava ter sido o efeito imediato da sua narração, balançou a cabeça afirmativamente, com os lábios apertados num sorriso maroto. "É lógico que havia outras coisas, mas eu não conto no livro, porque seria uma banalização da metáfora, uma vulgarização. Quando escrevi, quis deixar tudo num nível mais elevado, espiritual. É claro que a princesa não chegou a essa idéia tão radical assim do nada. Houve uma desilusão amorosa. Parece que ela pegou o namorado com a minha tia no barco." Quando ela disse isso, houve uma consternação geral, e C. não conseguiu conter uma gargalhada ao olhar para M., igualmente perplexo. A idéia de que tivesse decidido não contar as razões psicológicas da princesa por achá-las muito vulgares pareceu a todos, à primeira vista, um sinal evidente de sua falta de talento e também de uma certa obtusidade. Mas agora, retrospectivamente, não me parece de todo um contra-senso. É claro que sua explicação, para "elevar a metáfora a um nível mais espiritual", não ajudava a arrebanhar aliados, mas o fato em si de manter obscuras as razões da princesa para seu ato tresloucado me parece até muito ponderado dentro da lógica narrativa daquele relato. "É verdade. Há coisas em literatura que não devem ser ditas", disse M., ironizando abertamente a herdeira dos laticínios, mas sem que ela percebesse, o que era ainda mais constrangedor. E de repente todos se calaram e por uns segundos apenas observaram uns aos outros.

Quantas vezes foi preciso A. tentar reverter aquela impressão de que a herdeira era uma idiota e seu romance a sua mais perfeita expressão, sempre inutilmente, já que tinha M. por adversário dissimulado? E, sem que ela percebesse, quanto mais ele insistia em falar do livro, para salvá-lo, mais o comprometia, afastando qualquer possibilidade de que C. viesse a se interessar em resenhá-lo, que era um dos principais objetivos de A. naquele jantar. Se houve algum erro foi tentar vender o livro a C. na presença de M. E A. demorou a compreender, já que prosseguiu destacando algumas passagens, como quando a herdeira havia entendido afinal que era órfã, já uma menina crescida, não ao descobrir que os pais tinham morrido num desastre, o que sempre soube, mas no dia em que percebeu que não tinha a quem pedir dinheiro, que desde sempre todo o dinheiro era seu e estava à sua disposição, como se esse fosse o grande drama de sua vida, o que lhe tivesse permitido em contrapartida criar as distâncias do mundo em que vivia. "E perceber que o dinheiro não é tudo", arrematou M., verbalizando a moral embutida no relato num tom paternalista que pôs fim a qualquer veleidade que ainda restasse a A. de sua capacidade de convencer, e o levando a entregar os pontos, tanto que dali em diante não se ouviu mais falar no livro da herdeira dos laticínios.

Durante todo o tempo em que falaram do livro, eu apertei a caixinha de madeira no meu bolso, num gesto em princípio de reconhecimento mas em seguida meramente automático, como se segurasse um talismã, ainda sem entender nada de nada, porque nem as iniciais eu tivera tempo de ver, quando o zulu havia posto o objeto, que agora pelo menos eu já tinha identificado, na minha mão. Depois de todos os convidados terem ido embora e de M., G. e H. já terem se recolhido, procurei a caixinha no bolso da calça dobrada no encosto de uma cadeira e a examinei enquanto C. dormia um sono profundo. A superfície era toda uniforme, não fosse pelas quatro iniciais que os meus dedos tocaram de repente: VMDS, entalhadas a canivete, como os corações e declarações de amor que os namorados deixam nos troncos das árvores de praças e parques. Não ver que havia ali uma mensagem era querer tapar o sol com a peneira, eu pensei de início, e essa suposição, embora um tanto incerta, serviu apenas de base para outras bem mais. Se por um lado fiquei na dúvida quanto ao destinatário, com apenas uma ponta muito tênue de esperança de que a caixinha tivesse sido entregue à pessoa certa, de que fosse a mim que o eventual remetente quisesse dizer alguma coisa, o que era totalmente improvável, a começar pelo fato de eu não fazer a menor idéia do que podiam significar aquelas iniciais, não ter a menor pista, por outro, embora nada me desse essa certeza, era como se a identidade de quem tinha enviado a mensagem não estivesse em questão. Eu suspeitava que G. fosse o destinatário, mas não tinha a menor dúvida de que A. estivesse na origem daquela comunicação, assim como para mim o zulu não podia passar de mero intermediário. Não sei por que tinha tanta certeza. Nada me garantia que não fosse o próprio zulu quem havia traçado com um canivete as quatro letras na tampa da caixinha de madeira. Assim como nada me garantia que aquela mensagem tivesse partido de A. Mas para mim isso não estava mais em questão. Quando resolvi, na noite seguinte, assumir a identidade do eventual destinatário, assumir que se tratava obviamente de uma mensagem (o que nada tinha de óbvio) e também o teor da mensagem (o teor por que afinal me decidi: "Venha à Minha Casa Amanhã à Noite", "Viens à la Maison Demain Soir"), não me passou pela cabeça que devesse ir a outro lugar senão à casa de A.

Subi pela estradinha de terra que corta e contorna o morro a caminho do porto e a certa altura tomei o atalho que me fora assinalado por H. como o itinerário mais curto para a casa de A., se a intenção era fazê-lo a pé, numa das tardes em que voltávamos de carro da praia para o mosteiro. Saí no meio da noite, pelos fundos, como quem vai ao banheiro, enquanto todo mundo dormia. Esperei que todos tivessem se recolhido, um a um, depois do chá e de uma longa discussão sobre as fotografias de uma artista amiga de M. que não estava presente e que eu ataquei com veemência — para surpresa de todos, que acharam que só podia ter havido alguma coisa entre ela e mim — mais pela exasperação da espera, que parecia interminável com aquela discussão, do que por ter uma posição definida contra o seu trabalho. E na tentativa de tomar o atalho acho que acabei me perdendo, ou talvez aquele não fosse o caminho de que tinha falado H., porque levei horas pelo meio dos arbustos até avistar lá longe as luzes do porto e bem mais à minha esquerda do que eu tinha imaginado uma luzinha que supus vir da casa de A. Não podia ser outra.

Eu sabia que ficava isolada no alto do morro, numa situação privilegiada que o tinha levado anos antes a comprar o terreno sem pestanejar, mesmo se agora já cogitasse, embora raramente, vendê-lo.

A luzinha vinha da varanda, como pude distinguir conforme fui me aproximando. Era uma luz amarela. Bem antes que eu pudesse sair do meio dos arbustos, como pretendia, me revelando à esfera da luz para quem quer que tivesse enviado aquela mensagem, e descobrindo enfim sua identidade (sempre segundo a minha livre interpretação das iniciais na caixinha), vozes que vinham sussurradas, portanto muito mais perto de mim do que eu poderia imaginá-las, me pegaram de surpresa, me impedindo de prosseguir, na verdade me deixando paralisado de pavor. Foi com um grande susto que me dei conta de que havia vozes à minha volta, ao meu lado, embora eu não visse de onde vinham. Como eram sussurradas, também não pude reconhecê-las de imediato. Eram dois homens. Estavam ao meu lado e eu não os via. Estavam escondidos como eu no meio dos arbustos. Achei muita sorte que não tivessem me visto. Era como se falassem comigo, tal a proximidade. Falavam entre si. Do que se escondiam? Primeiro pensei em bandidos. Mas então por que não avançavam? Por que não atacavam de uma vez, agora que já tinham tido tempo bastante para se acercar da casa no seu reconhecimento? Não eram ladrões. E isso ficou claro com o primeiro grito, lancinante, que veio de dentro da casa. Era um grito agudo, aterrorizado. As vozes se calaram com o grito. Foi um grito horrível, um urro, que se lançou para dentro da noite, cortando tudo e deixando no seu rastro um silêncio absoluto, que durou uns segundos, até vir o segundo. Foi tão agudo quanto o primeiro. Era um grito de mulher. As vozes o esperavam. Com o segundo grito, elas voltaram a falar e agora, talvez encorajadas pela intensidade do urro, tornaram-se mais audíveis. Achei ter ouvido um dizer ao outro: "Vai! É agora!". E o outro: "Não. Ela vai sair". E em poucos segundos de fato um corpo saiu correndo da casa para o meio da noite. Era um corpo branco, desesperado, como uma alma penada, só que em desabalada correria. Era a herdeira do império de laticínios. Estava apenas com uma camiseta branca e larga, que lhe chegava até os joelhos. Uma das vozes ao meu lado disse à outra: "Vai! É agora!". E de repente, a no máximo uns dez metros de onde eu estava, um homem se ergueu de dentro dos arbustos e desceu correndo até a casa. No início não percebi quem era. Só quando a abraçou, pouco antes de ela chegar à beira do precipício, e lhe disse que já tinha acabado, acariciando-lhe os cabelos e beijando-lhe a testa, enquanto ela tremia e soluçava numa crise de choro que explodiu poucos instantes depois de ele a ter agarrado, quando, passado o primeiro susto daqueles braços que a seguraram saindo do nada, ela caiu em si e viu que era A.

Ele a manteve em seus braços por vários minutos, acalmando-a, antes de voltarem à casa, e a lhe fazer todas as promessas do mundo, que aquilo nunca mais aconteceria, já tinha passado, tinha sido um pesadelo, e ele estava ali para protegê-la, ela podia contar com ele, nada de mau podia lhe acontecer enquanto ele estivesse a seu lado. E enquanto ele a acalmava, e ela soluçava com a cabeça apoiada em seu peito, o outro homem escondido entre os arbustos se levantou, preparando-se para voltar também para a casa, sem que ela o percebesse. Era o administrador de grandes fortunas.

Ele saiu do meio do mato esquivando-se aos olhares da herdeira dos laticínios, que já não estava mesmo em condições de prestar atenção em nada do que se passava à sua volta. Enquanto ela se desculpava aos prantos da cena, dizia estar envergonhada, ele se esgueirou pela parede lateral da casa até a entrada dos fundos. Os outros dois continuavam abraçados na varanda. Em menos de um minuto, o administrador de grandes fortunas saía esbaforido pela varanda, como se tivesse acabado de acordar com os gritos da moça, e, vendo-os abraçados, com A. a consolá-la, perguntou, fazendo-se de assustado, o que havia acontecido. Um outro homem, que depois, pelo sotaque, eu deduzi que só podia ser o ator brasileiro, saiu logo atrás, embora de onde eu estava não pudesse vê-lo. Apenas ouvia sua voz estridente e desgraçada. Devia ter chegado naquela mesma tarde. Também queria saber o que estava acontecendo. A. disse com um gesto: "Foi só um susto, já passou", como se estivesse falando com uma menininha. Mas nessa hora a herdeira dos laticínios desembestou a falar num desabafo que ao mesmo tempo era um esforço de compreensão na tentativa de esclarecer uma ponta de dúvida despertada conforme ia se acalmando: "A voz dos meus pais, os gemidos na hora do acidente, eu ouvi de novo. Tenho certeza que ouvi. Não era sonho. Eu ouvi! Estou louca de novo! Vocês não ouviram? Eu gritei. Mas não havia ninguém na casa. Onde vocês estavam? Não ouviram nada?". E o administrador de grandes fortunas, sem saber exatamente o que devia dizer para manter em sigilo a sua cumplicidade, apenas olhou para A. com uma expressão desamparada, enquanto a herdeira esperava a resposta, e foi salvo pelo amigo, que repetiu, como uma ladainha sem sentido: "Já passou. Foi só um susto".

A herdeira não se conformava, mas também não queria que achassem que estivesse novamente louca. Os olhos arregalados, diante da certeza do que tinha ouvido, de que tinha ouvido vozes reais, eram a expressão mais terrível da sua compreensão de que estava presa num círculo vicioso, porque quanto mais insistisse na realidade concreta do que ouvira, mais louca pareceria. Sua expressão repentinamente silenciosa era um misto de compreensão e perplexidade, a consciência súbita e profunda de que estava sozinha, não poderia haver diálogo ou qualquer tipo de alianças, nunca acreditariam nela, e era esse entendimento desesperado e a dúvida que ela acabava lançando sobre suas próprias certezas rebatidas na incredulidade dos outros que não lhe deixavam outra opção senão entregar-se aos braços de A. Mas essa submissão era por vezes interrompida por uma faísca de dúvida que se acendia em sua cabeça — "Mas como é que vocês não ouviram logo os meus gritos? Não tinha ninguém na casa!" — para logo desaparecer, antes mesmo que o ator pudesse se justificar, alegando um sono muito pesado, graças ao consolo vigoroso de A.: "Já passou. Foi só um susto", que, virando-se para o administrador, completou como um cirurgião pedindo o bisturi a um assistente durante uma operação: "Vá buscar o remédio dela e um copo d'água".

Logo no início do jantar, a herdeira dos laticínios tinha se virado para M. e pedido que contasse sua visita ao pintor suíço, cujo imenso chalé ficava a uns tantos metros da casa que a família dela mantinha ao pé de uma célebre estação de esqui nos Alpes. Havia uma grande habilidade, talvez inconsciente, da parte da herdeira em introduzir aquele assunto, mostrando-se ainda por cima curiosa, já que era um dos temas preferidos de M., que ele não só repetia de bom grado (eu mesmo já tinha ouvido a história pelo menos umas duas vezes) como ao qual voltava no seu diário interminável sempre que surgia uma oportunidade. Talvez a herdeira soubesse, o que a tornava bem menos autêntica do que tentava parecer, e mais sonsa, ao se mostrar estrategicamente com os olhos brilhando de curiosidade pelo assunto. "Soube que você visitou o pintor. Mas ele não recebe ninguém. Como é que conseguiu?" E M., sem controlar a excitação, que num primeiro momento poderia ter levado a crer que tivesse perdido o controle da noite para uma novata, uma aspirante — o primeiro livro dela estava no prelo —, discorreu sobre a célebre visita que fizera ao pintor suíço, dez anos antes, quando ainda mantinha seu emprego de jornalista, entrevistando-o e fotografando-o contra a vontade do velho, sem que ele percebesse e, pior, levando-o a dizer as coisas mais escabrosas e absurdas que, gravadas, foram em seguida publicadas com grande alarde na revista em que trabalhava na época. A entrevista naturalmente provocou o maior escândalo, o pintor suíço ameaçando processar a revista e garantindo, diante de uma cópia da fita em que dizia suas doidices, que aquela não era a sua voz. M. contava a história rindo e, como todos riam com ele, ficava claro, se alguma dúvida tivesse havido, quem seguia comandando. Contou como caminhou da aldeia até o imenso chalé, batendo à porta como se fosse um modelo já aguardado pelo pintor. Bastou aquela apresentação para conseguir despertar a curiosidade do pintor que, alguns minutos depois de o copeiro ter desaparecido dentro do chalé para transmitir ao patrão o que anunciava o visitante, saiu de sua reclusão para examinar com os próprios olhos a figura de quem se oferecia como modelo. Quando a entrevista foi publicada, correu o boato de que o pintor tinha ficado fascinado pela beleza de M., o que era bastante plausível, caindo na armadilha do jornalista ao aceitar, sem saber aonde o levaria, o jogo de disfarces e representações que lhe propunha aquele desconhecido sob a falsa alegação de já ser esperado. Parece que, ao vê-lo, o pintor estendeu os braços e disse: "Entre, meu jovem. Faz meses que o espero", sem que ninguém, nem a mulher, nem a filha ou o copeiro, tenha tomado qualquer iniciativa para interromper aquela que a todos se mostrava como uma farsa das mais descaradas. De fato, havia meses que M. tentava marcar uma entrevista com o pintor, inutilmente, chegando à conclusão de que sua única chance seria por vias inesperadas e não convencionais. Daí a idéia do modelo. O pintor o levou ao interior do grande chalé, com cinqüenta e sete quartos, tendo servido de hotel no século passado. Era uma das últimas construções típicas, toda de madeira, do século XVIII, que o pintor tinha comprado unicamente com a renda de seus quadros — um deles chegou a ser vendido pela soma nada desprezível de um milhão de dólares, como ressaltou o próprio A., aliás responsável pela venda, numa pausa que M. fez no seu relato para tomar um gole de vinho. O interior do chalé era como um cenário tridimensional criado a partir dos próprios quadros, levando os que ali entravam a se sentirem, inversamente, bidimensionais. Era uma sensação das mais estranhas, pela familiaridade daquelas imagens difundidas em telas e mais telas, vê-las agora expandidas para o mundo real. Era uma sensação de completa irrealidade, ao mesmo tempo que tudo era completamente real. Não havia nenhum objeto ou móvel extraordinário. Tudo era de certa forma convencional. O problema é que cada perspectiva de cada cômodo era como uma pintura expandida para a vida.

    O pintor vivia de suas mentiras e o objetivo de M. em sua entrevista ilícita era menos desmascará-lo do que revelá-las no que tinham de realmente hilariante. Fazia-se chamar de marquês, protocolo que M. cumpria com especial esmero. "Marquês, e esta anágua?", repetiu durante o jantar, imitando o tom com que havia feito a pergunta ao pintor, que de pronto pôs-se a gritar ao copeiro: "Akbar, a menina esqueceu a anágua!", apontando para o encosto de uma poltrona de veludo quando o rapaz de libré entrou esbaforido na sala. "Então, senhor marquês, o senhor recebeu de Deus o dom da pintura?" "Diretamente de Deus, já que sou muito religioso e Deus costuma recompensar seus servos fiéis", dizia, insistindo ao mesmo tempo com M., que sempre cultivara a imagem de efebo, ainda mais naquela época, quando era jovem, que tirasse pelo menos a camisa. "É uma moça", deixava escapar o pintor, entre dentes, com os olhos vidrados no tronco já sem camisa de M., que prosseguia sem escrúpulos: "Conte mais sobre a sua vida extraordinária, marquês, sobre o irmão que o odeia, sobre todos os que o copiaram, sobre a mediocridade das autoridades, sobre as amantes que teve, sobre as imposturas das celebridades, sobre as falcatruas dos marchands, sobre a miséria dos intelectuais e a devassidão dos castos", e o pintor suíço discorria por horas sobre os que tinha conhecido, sobre o que tinha ouvido da boca deles, e assim os lançava num lamaçal de calúnias, inverossímeis na maior parte das vezes, e contraditórias entre si. Podia dizer que Picasso o havia desafiado a pintar o quadro mais hediondo do mundo — "Perdi a aposta para Picasso. O dele era imbatível", dizia, para minutos depois afirmar que nunca o conhecera pessoalmente, embora o admirasse com reservas. E na revista tudo foi publicado da forma como tinha sido dito, com as calúnias, os delírios e as contradições. O pintor escreveu uma carta à revista, que também foi publicada na íntegra, dizendo que era tudo mentira, porque nunca nenhum jornalista havia entrado em sua casa, apenas os amigos e os modelos, e que a voz gravada na fita profetizando tantos absurdos simplesmente não era a sua. Ele dizia, por exemplo, que o problema do indivíduo na sociedade de massa era o de viver na ilusão de que não fazia parte da massa, podendo com isso criticá-la sem que a sua própria mediocridade fosse posta à prova, quando na verdade apenas seguia os que mais desprezava — mas que desprezava só nas horas em que ficava só —, e que portanto a única solução para salvar o indivíduo na sociedade de massa era exterminá-la, a massa, restituindo ao indivíduo o seu lugar de direito por definição, e para isso não descartava nenhum meio, por mais violento e irracional, empolgando-se a certa altura ao elaborar uma fantasia sanguinária, digna dos planos de um inimigo público número um, em que um avião bombardeava os maiores estádios do mundo em dias de jogo. E conforme M. contava, a herdeira dos laticínios o observava com os olhos atentos e brilhantes, com uma vivacidade juvenil que, retrospectivamente, contraposta ao desespero com que iria sair correndo e gritando no meio da noite seguinte, enquanto eu a observava dentre os arbustos, e à fragilidade com que seria levada de volta para o interior da casa, desculpando-se da cena, nos braços de A., que parecia ter planejado tudo, agora ganha na minha lembrança um aspecto de mera representação, como se tivesse usado uma máscara de convivência social para esconder a sua loucura e ir ao jantar no mosteiro. O que ela não dissera no início do jantar, ao perguntar a M. sobre sua visita ao pintor, mas deixou para revelar quando ele já tinha contado toda a história, só para desconcertá-lo, eu cheguei a achar na hora, atribuindo à herdeira dos laticínios uma perversidade de todo improvável agora que a via sendo levada de volta para dentro de casa à mercê de A., foi que ela própria tinha servido de modelo quando criança para alguns daqueles quadros célebres e portanto conhecido o interior do imenso chalé, que M. de certa forma mitificava em sua descrição. Como a casa da família dela ficava ali perto, passava com freqüência pela frente do imenso chalé a caminho da aldeia, aonde ia comprar chocolates, e uma tarde foi abordada pelo pintor de quem costumava ouvir falar como de um mito, que agora se mostrava em carne e osso, convidando-a para posar para ele, no início vestida e, depois de alguns meses naquela imobilidade tediosa, nua, quando finalmente ela se recusou, não aparecendo mais. "Eu me lembro direitinho. Era assim mesmo. Ele peidava enquanto pintava", disse a herdeira dos laticínios, rindo e interrompendo M., quando este descrevia sua impostura de modelo e, por fim, a sessão de pintura.

Foi assediada por meses antes de aceitar posar, e não só pelo pintor, que em várias ocasiões a esperou no portão do imenso chalé, sabendo dos horários em que passava, mas também pelo copeiro, o que estava lá antes de Akbar e tinha um nome asiático de que ela não se lembrava mais e lhe trazia os bilhetes do pintor, dizendo que tinha ordens de não retornar ao patrão sem uma resposta positiva da menina (certa vez ele chegou a passar a noite dormindo na frente da casa), e sobretudo pela filha do pintor, que estudava com os mesmos professores particulares encarregados da educação da herdeira dos laticínios. Curiosamente, ela nunca encontrou a filha do pintor no imenso chalé durante as sessões de pintura em que posava, sempre vestida, fazia questão de frisar. Mas a conhecia das fotos que o pintor conservava em porta-retratos numa escrivaninha do quarto 45, transformado em escritório. Um dia, o professor de inglês, com quem ela costumava fazer longos passeios duas vezes por semana, em que discorriam sobre tudo o que lhes cruzasse o caminho, apareceu à hora de costume com a filha do pintor, anunciando que naquela manhã, excepcionalmente, ela teria uma coleguinha de classe. Era uma menina com os olhos puxados da mãe e o nariz aquilino do pai, mais ou menos da mesma idade da herdeira dos laticínios, com os cabelos pretos e escorridos presos em duas tranças que iam até o meio das costas. Estava com um quimono de cetim azul, que parecia impróprio não apenas para a geografia e a ocasião, mas também para uma menina da sua idade. Seguiram pela margem do rio até a floresta que ficava a dois quilômetros da aldeia. Por alguma razão de que ela já não se lembrava, o professor de inglês acabou se separando das duas, que se embrenharam pelo meio das árvores, correndo e aos risos, como se tentassem se perder de propósito. Não era à toa que a herdeira não se lembrava, já que havia participado de tudo com a maior boa vontade. A certa altura, sentadas numa clareira, e sempre em inglês, que era a língua daquela manhã, a filha do pintor se virou para a herdeira dos laticínios e perguntou, passando a mão em seu ombro: "Por que você nunca quer ficar nua?". E foi o que bastou para que uma onda de terror a tomasse, subindo pelas pernas e braços, avançando por todos os órgãos, do estômago ao coração e ao cérebro, até paralisá-la. Um psicólogo contratado pela família depois disse que aquela havia sido uma crise de histeria, provavelmente a primeira, e aconselhou que submetessem a menina a uma psicanálise. O fato é que a filha do pintor teve que sair em busca de socorro, desaparecer, para que só aí ela pudesse ficar novamente de pé, recobrando parte dos movimentos, o suficiente para, saindo da floresta por conta própria, acabar socorrida pelo professor de inglês, com quem esbarrou por acaso enquanto tentava retomar trôpega o caminho de casa. E até hoje só a perspectiva de reencontrar a filha do pintor — agora crescida como ela e felizmente morando com o marido colecionador em K., do outro lado do mundo — já a deixava sem ação.

Fiquei escondido entre os arbustos até eles entrarem de novo na casa, depois de ela ter tomado uns tantos comprimidos com a ajuda dos outros três. Estava totalmente submissa. Fazia qualquer coisa. Me lembro de ter pensado que ela estava na mão deles. Podiam matá-la se quisessem, e ela não ofereceria qualquer resistência. Ao entrar na casa, deixaram a luz da varanda acesa. Em poucos minutos, tudo tinha voltado à mais perfeita calma e já reinava um silêncio sepulcral. Cheguei a esquecer o que tinha ido fazer ali. Estava um pouco confuso. Ainda não tinha compreendido bem o que acabara de ver. Me lembro de ter pensado em mil coisas ainda entre os arbustos. Primeiro, que não era possível que o sentido das iniciais na caixinha de madeira fosse aquele que eu tinha deduzido, pois A. (pelo menos, eu supunha que fosse ele o remetente) não iria convidar alguém (um amante, como eu supunha) a aparecer no meio da noite em sua casa justo na hora em que havia preparado aquela cena macabra de manipulação da herdeira, sabe-se lá com que fins. Não ia querer que alguém testemunhasse aquela impostura de clara aparência criminosa, ainda mais se tratando a vítima de uma milionária. Foi o que primeiro eu pensei, antes de fazer o raciocínio inverso, e igualmente verossímil. Talvez eu tivesse acertado na interpretação das iniciais e no fundo ele quisesse uma testemunha, embora eu não soubesse exatamente para quê. Talvez precisasse de alguém para ver o que estava fazendo com a herdeira e nesse caso também era possível que o zulu não tivesse se confundido ao me entregar a caixinha de madeira na noite anterior. E mais: também era muito possível, no caso da necessidade de uma testemunha, que o remetente nem fosse o próprio A., mas outra pessoa (era o irmão que me vinha à cabeça, o namorado do zulu) com vistas a incriminá-lo em sua conduta mais que suspeita de manipulação da herdeira com o testemunho de alguém de fora. Tudo podia ainda não passar de um grande teatro, montado pelos quatro, com a cumplicidade da herdeira inclusive (e não somente do administrador e do ator brasileiro, que chegou naquela tarde para interpretar a cena), um espetáculo montado para um único espectador, que teria sido "convidado" por meio das iniciais na caixinha. Nesse caso, ficava explicada, por exemplo, a coincidência de tudo ter começado bem no momento em que cheguei, como se a ação estivesse sincronizada com o meu aparecimento, e também o fato de aparentemente não terem me ouvido ou visto entre os arbustos, uma vez que estávamos separados por apenas alguns metros. Porque, na realidade, me esperavam para começar, eu, o único espectador. Mas, nessa hipótese, eu também não conseguia imaginar o que poderia tê-los levado a planejar tudo aquilo para mim — ou para quem quer que fosse, no caso de o zulu ter realmente se confundido ao colocar a caixinha na minha mão na noite do jantar. Saí dali com todas essas coisas na cabeça e voltei caminhando pela mesma trilha. Estava absorto em meus pensamentos, ponderando todas as possibilidades e conseqüências, quando me deparei com um vulto saindo da noite na minha direção, a uns poucos metros. Gelei. Não havia para onde fugir. Estávamos sozinhos, eu e o vulto, um diante do outro. Ele não dizia nada e eu também não podia gritar "Quem é?!", assim no meio do nada, como se conhecesse todos os que pudessem tomar aquela trilha e a estupidez daquela pergunta me fosse de algum auxílio, mas foi o que fiz. O vulto me respondeu perguntando se era eu, para minha surpresa, me chamando pelo meu nome. Era C.

Com a aparição de C. naquela trilha, no meio do nada e da noite, somou-se, não sem um grande choque, uma outra dúvida a todas as minhas anteriores: o até então impensável, que podia ser ele então o verdadeiro "convidado" de A., o eventual amante; podia ser ele que A. tivesse querido chamar à sua casa no meio da noite com aquelas iniciais entalhadas na madeira e que, tendo o zulu se enganado de pessoa ao me entregar a caixinha, o próprio A. devia tê-lo convidado, pessoalmente, contando ainda por cima com a minha provável incapacidade de decifrar as iniciais, um código que os dois já deviam ter estipulado em suas tardes jogando tênis e não imaginavam que outra pessoa pudesse entender. Perguntei a C. o que ele estava fazendo ali no meio da noite. E ele rebateu com a mesma pergunta em relação a mim. "Perguntei primeiro", eu disse. "Saí à sua procura. Acordei e você não estava mais no quarto", ele disse. "Precisava de um pouco de ar", respondi. "Não precisava vir tão longe para isso", retrucou. "Como é que você sabia que eu estava exatamente aqui?" "Foi H. quem me disse que tinha falado sobre essa trilha com você e que, embora remota, era uma possibilidade." "H.?", perguntei. "É. H. Ela está te procurando do outro lado do morro. E G. foi até o vilarejo. Acordei todo mundo quando não te achei no quarto. É melhor a gente voltar e avisar aos outros que você não está morto", ele disse, com uma expressão recriminatória.

A certa altura do jantar, provavelmente logo depois de contar a história do cliente escocês, já não me lembro ao certo, o administrador de grandes fortunas tinha se virado para M., fazendo uma trégua, numa tentativa final e inútil de conquistar sua simpatia, e dito debaixo da noite de estrelas: "Imagino que para escrever seja preciso estar livre das preocupações práticas. É preciso ter um séquito que o proteja do mundo. Não vejo como uma pessoa como eu, que além de só, tendo de lidar com as minhas preocupações práticas, sou pago para lidar também com as dos outros, poderia um dia escrever alguma coisa, embora não me faltem histórias com tudo o que vejo à minha volta. Às vezes me pergunto se um dia não vou acabar abrindo ao acaso um livro numa livraria e me deparar, por exemplo, com a história do meu cliente escocês. Fico me perguntando se ele não sumiu para escrevê-la". Enquanto ia falando, olhava para M., que fingia não ouvir, de irritado que estava com o que lhe pareceu — eu deduzo — uma referência direta a si mesmo, sobretudo quando o administrador de grandes fortunas pronunciou aquela palavra, *séquito*, e para mim tudo aquilo foi como se ele tivesse falado o que eu próprio intuía e que, sem ter total consciência, senti já ao abrir o livro de C. na livraria, reconhecendo-o como alguém que tivesse sumido havia anos, embora eu ainda nem o conhecesse.

"Tudo isso põe em xeque a cronologia do tempo", pensei mas não disse, já que não saberia explicar na época o que aquilo poderia querer dizer, se me perguntassem. E segui calado, observando e ouvindo. Hoje, dando seqüência à frase que me veio pronta e enigmática, talvez tivesse tido a coragem de abrir a boca e, com base na minha própria experiência, tentar uma explicação mística que fosse: que tudo já está anunciado desde o primeiro encontro e que o que se sente como reconhecimento é na realidade apenas a projeção de um futuro inadiável. Mas na época ainda não sabia que tinha perdido C. no mesmo instante em que o conheci, por assim dizer, ao ler a primeira frase do seu livro: "Não é preciso alguém morrer para eu lhe declarar o meu amor".

Essa frase também me veio à cabeça ao ver a herdeira dos laticínios entrar de volta na casa pedindo perdão pela cena. E nada podia ser mais humilhante, como se ela fosse culpada de ser a vítima, enquanto chorava escorada por A., que representava uma reação magnânima, e ao mesmo tempo uma manifestação altiva de indiferença e superioridade. Como se daquele jogo só ela fosse dependente e a fraqueza dela não o alimentasse com um prazer que ali, entre as árvores, eu logo sentiria como o que pode haver de mais horrível no amor.

Foi ainda durante o jantar, antes de M. ir até o vilarejo, antes de virem chamar o administrador de grandes fortunas dizendo que um homem o esperava num botequim, que todos nós pensamos que só podia ser o cliente escocês, aquela impostura que só M. poderia ter armado, enfim, antes de terminarem aquela discussão sobre o amor e o tempo, quando se deu por vencido, portanto, o administrador, sempre se dirigindo a M., abriu seu coração num tom que tinha evidentemente alguma coisa de ridículo e que serviu antes de mais nada para reforçar a superioridade de M., nem que tenha sido no bom gosto na escolha das palavras: "As setas do amor partem para todos os lados, sempre nas direções erradas, apontadas para aqueles que não só não as querem como não as mereceriam se quisessem. Se eles [fazia menção aos jovens] desperdiçam as oportunidades do amor é talvez por ignorância e imaturidade, mas acima de tudo porque acham que estão imunes ao tempo. Não agiriam assim se pudessem se ver daqui a quarenta anos. Mas por enquanto, para a felicidade deles, ainda estão imunes também ao arrependimento".

Achei — todos na casa achamos, pelo menos até a manhã seguinte, quando, durante o café, G. nos explicou as verdadeiras razões daquela súbita reflexão melodramática — que o administrador de grandes fortunas estivesse se referindo a uma recente frustração amorosa com algum jovem que encontrara em S. Na verdade, a história tinha se passado havia quarenta anos e o jovem, no caso, era o próprio administrador que agora se dizia arrependido. Parece, sempre segundo G., que já aos dezesseis anos o administrador abandonou um homem em que hoje se via espelhado. Abandonou-o num sentido mais concreto do que o simplesmente afetivo, quando ele mais precisava de seu testemunho na Justiça. Era um escritor que o administrador encontrara na universidade, atravessando uma ponte de bicicleta, e que lhe dissera mais ou menos a mesma coisa que agora repetia sobre os jovens. Sua afirmação sobre os escritores — de que precisavam ser protegidos das coisas práticas — vinha da experiência que tivera com esse homem aos dezesseis anos. No caso, a experiência prática era ele próprio, o administrador de grandes fortunas, que havia se lançado na vida amorosa devastando um homem com quem agora, depois de velho, terminara por se identificar. Segundo G., todo o problema do administrador se resumia ao súbito e irremediável arrependimento que a velhice lhe trouxera. A própria relação com o milionário escocês tinha a ver com isso, com a vontade de se redimir de algo tão impalpável quanto uma paixão adolescente, mas também tão concreto quanto um processo judicial. Foi o próprio desaparecimento do escocês que lhe plantou a semente dessa consciência. E essa informação tornou, para nós durante o café da manhã, ainda mais dramática a peça que M. supostamente lhe pregara na véspera (no fundo, era nisso que acreditávamos, embora não tenhamos chegado a tocar no assunto em nenhum momento), com toda aquela história de um homem que o esperava num bar do vilarejo. A ansiedade com que o administrador tinha deixado a mesa, partindo às pressas para finalmente encontrar o milionário escocês desaparecido, ganhava assim, para nós que escutávamos a história pela boca de G., toda uma outra explicação além da óbvia. "Ele vê na figura do escocês desaparecido tudo o que perdeu na vida e que hoje tanto desejaria recuperar. Acredita que o desaparecimento do milionário foi uma mensagem de Deus sobre sua própria vida. Uma espécie de castigo", disse G.

 M. caiu na gargalhada. Perguntou a G. como podia repetir tantas asneiras, tudo o que ouvia de A.; perguntou se não via que A. tinha inventado toda aquela história sobre o administrador justamente para torná-lo mais interessante, de tão gritante que era a sua falta de interesse. Mas G. prosseguiu e M. foi obrigado a se calar, reconhecendo com seu silêncio o interesse do que ouvia. O escritor que o administrador havia encontrado aos dezesseis anos, atravessando a ponte de bicicleta, era ninguém menos que R. M., o célebre criador da "fabulação minguante", o primeiro a teorizá-la e a exemplificá-la com seus próprios romances. E era o administrador de grandes fortunas portanto a razão por trás do enigmático silêncio de R. M., que parou de escrever mais de vinte anos antes de sua morte, sem que nunca ninguém tenha conseguido entender por quê, mas em grande parte — agora vínhamos a saber — pelo processo judicial que os pais do administrador moveram contra ele e que acabara sendo abafado com as duas partes chegando a um acordo — humilhante para R. M. — antes que a história se tornasse pública. Ao se calar na juventude, o administrador tinha calado também uma das vozes mais significativas do século. Ao abandoná-lo, ao se omitir diante do processo que seus pais moveram contra o escritor, por corrupção de menores, tinha conseguido silenciar uma das obras mais surpreendentes do século com seu próprio silêncio. Afinal, era ele mesmo o mundo prático a que se referira na véspera, durante o jantar, e do qual o escritor deveria ter sido protegido. C. perguntou a G. se não achava que era isentar o próprio escritor de qualquer responsabilidade, jogando toda a culpa no administrador quando jovem. "Ninguém é responsável pelos desdobramentos de uma paixão", disse C., e G. foi obrigado a concordar, mas não sem antes dar prosseguimento a sua história, com detalhes sobre a vida íntima de R. M. que só podiam nos deixar ainda mais boquiabertos.

Tudo parecia estar ligado ao administrador de grandes fortunas. A própria idéia de "fabulação minguante", "tão perspicaz e libertária do ponto de vista literário, e o contrário do que parece dizer", como repetia G. na sua completa ignorância, tinha sido afinal formulada no dia em que o escritor, de pé na varanda de sua casa de praia, viu o corpo nu do administrador ainda jovem desaparecer no meio das ondas e por um instante, aterrorizado, pensou que tivesse se afogado. E esse instante de pura adrenalina era o que, a partir de seus romances — para culminar naquele *Atlas* que, narrando sua história com o administrador ainda adolescente, lhe valeu o processo por corrupção de menores —, se convencionou chamar de "fabulação minguante".

M. não tinha palavras. R. M. fora o ídolo de sua juventude; *Atlas*, o romance da sua adolescência. Não podia imaginar que o administrador o tivesse inspirado, sido seu amante, e muito menos o responsável pelo esgotamento daquela obra que, mais do que tudo, lhe servira de guia quando tinha começado a escrever. Depois, como jornalista, M. chegou a fazer uma entrevista com R. M., que nunca as concedia, justamente sobre o silêncio, e agora compreendia enfim que não compreendera nada e que quando o velho escritor tinha lhe falado de fato — agora se lembrava — do mundo prático que o destruíra, era ao administrador que estava se referindo, o tempo todo, só a ele e a mais nada.

C. percebeu o súbito constrangimento de M., mais que isso, o tamanho da sua decepção, e, talvez em seu auxílio, tentou iniciar uma discussão teórica com G. sobre o que entendia por "fabulação minguante". M. se levantou da mesa e caminhou para a sacristia. Eles se calaram com sua partida repentina. A evidência da proximidade de sua morte dava a tudo, a qualquer frase deixada sem resposta, um duplo sentido. A presença da morte mudava o significado de tudo, o que era bem podia passar por mal, e o lógico por ilógico, tal como na "fabulação minguante" de R. M. No fundo, o que R. M. havia tentado com seus romances, e em particular com o formidável *Atlas*, era reproduzir em forma literária o poder que a morte tem de tornar todas as palavras insignificantes, para usurpar e inverter esse poder com o livro. E agora M., que tanto o havia admirado, provava uma experiência semelhante com o próprio corpo. Seu estado físico ameaçava o significado de todo o resto, uma vez que era ele, com seu diário, que parecia dar sentido ao que o rodeava, a começar por nós mesmos. Bastou ele se levantar da mesa para ficarmos mudos e tudo perfeitamente claro.

Aquela história me fez ver o administrador com outros olhos. E, apesar de tudo, com mais simpatia. Anos mais tarde, soube por C. que A. chegara a nutrir planos de se casar com a herdeira dos laticínios, o que era no mínimo estranho, para não dizer totalmente improvável, C. concordava — dizia num eufemismo: "Eles tinham uma relação muito particular" —, e que fora o administrador a convencê-la a sair daquele círculo vicioso em que tinha se enredado certa de que nunca poderia encontrar ninguém além de A. que a amasse pelo que era e não pelo dinheiro. Quando C. me contou essa história, eu me lembrei da noite em que caminhei pelo morro até a casa de A. e da cena que presenciei escondido atrás dos arbustos. Agora me parecia puro teatro. A herdeira tinha se prestado ao papel que A. lhe exigia em troca do seu amor. Como todo casamento, só que levado às últimas conseqüências. De certa forma fiquei contente ao saber que ela conseguira escapar. E que o administrador de grandes fortunas, nem que fosse apenas por ter lhe aberto os olhos com alguma forma de verdade, a ajudara. Ela havia voltado para a propriedade da família, logo acima do chalé do pintor suíço, onde agora se dedicava exclusivamente à literatura.

    A obviedade de que quase tudo na vida pode ser visto de vários ângulos e mudar conforme o ponto de vista se aplica com tanto mais exatidão às minhas impressões daquela noite em E. quando, persuadido de que traduziam uma mensagem, tomei o atalho pelo morro até a casa de A., levando na mão a caixinha de madeira vazia, que ainda hoje trago no bolso, em cuja tampa sentia com os dedos o relevo tosco das iniciais. É possível que não tenha entendido nada, e menos ainda conforme acreditava me aproximar de algum tipo de compreensão. Por anos não abri minha boca sobre aquela noite, nem mesmo com C., que me encontrara no meio dos arbustos. Temi que pudesse me comprometer na minha confusão, confessar que tinha chegado a suspeitar que aquela mensagem — se é que se tratava de uma mensagem — era para mim, e ter de me render ao fato de ela ser na realidade endereçada a C. Por exemplo. Ou a outro qualquer naquele jantar, que por alguma razão, inexplicável para os outros que não viram nada, ficou para sempre na minha cabeça como uma das noites mais perturbadoras da minha vida. Se ao morrer tiver de me lembrar de uma única noite, será daquela. Um jantar como outro qualquer, debaixo das estrelas. Passaram-se os anos, M. e G.

morreram, e de certa forma o próprio C., pelo menos para mim, pelo menos da forma como o conheci e pensei que seguiria conhecendo até o fim dos meus dias, embora ele continue me ligando até hoje, todos os dias, sempre à mesma hora, por volta das sete da noite, para não dizer nada, contar no máximo uma piada. Nem uma palavra sobre as iniciais. E é por isso que eu demorei tanto para entender que, se continua me ligando todos os dias sem ter o que dizer, é só para não me deixar esquecer que aquele tempo já passou.

D.

O vulto surgiu do nada, no meio do gramado. Era alto e elegante. A seu lado vinha a anfitriã, que tinha ido recebê-lo. Ela estava com um vestido branco que deixava aparecer os joelhos. Os dois vinham do estacionamento. A anfitriã falava sem parar, de dinheiro na certa, gesticulando para o homem alto, enquanto avançavam na direção da casa. Eu não a conhecia tão bem quanto a maioria dos convidados. Quando éramos adolescentes, faz mais de vinte anos, víamo-nos de vez em quando em festas, na praia ou nas férias. Sei, porque todo mundo soube, que teve uma crise de depressão ainda aos catorze anos, há bem mais de vinte portanto, depois de ficar grávida de um surfista dez anos mais velho e a família se encarregar de dar sumiço nela, para que reaparecesse passados alguns meses com um sorriso bobo que ainda hoje traz no rosto. Vinha com aquele sorriso bobo ao lado do vulto, sempre falando muito e gesticulando. Tínhamos nos reencontrado num jantar dois anos antes, ela e eu, e desde então sempre me mandava recados sobre o estado de seus negócios. Devia achar que eu era um homem influente, e que era de bom-tom me manter informado, nem que fosse apenas como uma espécie de divulgação indireta. Tanto que me convidou. Quando liguei para confirmar a minha presença no almoço e ela excepcionalmente atendeu o telefone, exclamou assustada ao me ouvir perguntar por seu nome, e antes mesmo que eu pudesse dizer o meu: "Eu já sei! Vai, desembucha! Quais são as más notícias?", para depois se desculpar sem graça ao perceber com quem falava, jurando que minha voz ao telefone era idêntica à do corretor que cuidava de suas ações. Ainda hoje é uma mulher bonita e sedutora. Vinha se engraçando para o homem alto que a acompanhava desde o estacionamento. Tinha perdido o marido havia um ano. Do coração. Depois de ter se separado dos dois primeiros, que também estavam lá, entre os convidados, conversando pelo gramado, acompanhados pelas respectivas mulheres. Não teve filhos com nenhum dos três. Havia quem especulasse que o problema era psicológico e não físico. A casa, antes sede de uma grande fazenda, agora ocupava o centro de um terreno de não mais do que algumas dezenas de alqueires. Decadente, a família tinha desmembrado a fazenda de cana e se desfeito aos poucos de lotes de terra numa espécie de reforma agrária involuntária, não sem antes restaurar por uma pequena fortuna, pelo que diziam, gastando o que lhes restava, o interior da casa com o auxílio de um célebre arquiteto americano, que se encarregou de dar à sede na serra a incongruência horizontal de um interior típico das pradarias. Ainda assim, era uma casa fabulosa. A mais impressionante onde já pus os pés. Guardava a imponência do que tinha sido nos mínimos detalhes, das imensas tábuas corridas de ipê que serviam de assoalho à madeira pintada de branco que emoldurava as janelas e as portas e ladeava as escadas, nos corrimãos e parapeitos. Dos raríssimos objetos e móveis, relíquias da colônia, a obras-primas da arte contemporânea penduradas em uma ou outra parede, ou espalhadas pelo jardim, e até nos banheiros. Sabiam viver bem. Dizem que mais de uma atriz de Hollywood, em visita ao país nos anos 40, exigiu passar pelo menos uma noite ali nem que fosse apenas para confirmar o que tinha ouvido das colegas. No tempo do avô da anfitriã, um conhecido poeta inglês teria escrito num dos dez quartos da casa-grande um de seus mais célebres sonetos, sobre o amor, recolhido durante um mês para se curar de uma "forte apatia", me disse o velho copeiro com os olhos revirados de sarcasmo. Mais recentemente, o príncipe da Holanda teria deixado os proprietários horrorizados com a sua falta de modos à mesa.

Eles vinham do estacionamento. Vinham subindo o gramado na nossa direção, que conversávamos em torno das mesas no jardim sobre a crise econômica que tinha se abatido sobre o mundo, derrubando um país após o outro, os que eles chamavam de emergentes. Diziam que seríamos os próximos. E foi só quando já estavam a poucos metros que eu o reconheci. Ou achei tê-lo reconhecido. Não sei se ele me viu, e se olhou para mim foi antes de eu poder reconhecê-lo, ou achar que o tinha reconhecido, como já disse, antes de eu me dar conta da sua presença entre nós, porque não me lembro de que ele tenha prestado a menor atenção em mim, que se tenha dado sequer ao trabalho de me discernir ali no meio dos outros, de me olhar. A pessoa ao meu lado, que já nem me lembro se era homem ou mulher, de tão perturbado que fiquei, me perguntou se eu tinha perdido a voz, tendo interrompido minha frase no meio sobre a última queda da bolsa. Não respondi. Não podia. Mas é porque tinha dificuldade de acompanhar a velocidade com que a minha cabeça trabalhava. Era como se a velocidade com que comecei a pensar assim que o reconheci, ou achei ter reconhecido, bloqueasse todas as minhas outras capacidades. Não podia mais falar. Tinha perdido a voz. A anfitriã o apresentava aos convidados. Outros pareciam já conhecê-lo. Eu não estava entendendo, disse finalmente para a pessoa ao meu lado. E ela, ou ele, me perguntou o que era que eu não estava entendendo. Em resposta, perguntei quem era aquele homem. Eu devia estar com um aspecto assustador mesmo, porque ela, ou ele, nem se prestou a responder, e como eu mesmo havia interrompido antes a minha frase no meio, para cair naquele silêncio inexplicável, também me abandonou no meio da minha pergunta, pegando no braço de alguém que passava distraído, como se tivesse reencontrado um amigo perdido havia anos.

Não sei quanto tempo fiquei parado, quanto esperei para me pôr como um zumbi por entre os grupos de pessoas esvoaçantes, me aproximando em silêncio, sem nem mesmo retribuir os sorrisos, alguns deles constrangidos, com que me recebiam a cada nova roda, para terminar perguntando, repetidamente, sem que a pergunta nada tivesse a ver com o assunto que ali discutiam (quase sempre a crise econômica, e que seríamos os próximos a cair), e às vezes não hesitando em apontá-lo, quem era aquele homem. Também não sei em que ponto me deram a resposta, depois de quantas rodas por que passei, que aquele senhor alto e elegante que chamavam de D. era um pintor francês a quem, após sucessivas "crises psíquicas" — me lembro de terem me falado assim, sem especificar ao certo, quando lhes perguntei, em que consistiam tais crises —, fora receitado abandonar a pintura. O pintor francês tinha vindo para esquecer a pintura.

Nos últimos tempos, desde que havia perdido da noite para o dia a maior parte das minhas ações — brincando com fogo, me diziam, as flutuações da bolsa não eram para tipos nervosos como eu —, aquilo vinha acontecendo comigo e, sem qualquer sinal físico detectável, acabaram me informando que eu estava sofrendo de pânico. Ri muito quando o médico fez por fim o diagnóstico e eu respondi que não seria de espantar diante dos rumos da economia. Mas nem o meu riso irônico nem a consciência da causa, desta vez objetiva, foram suficientes para evitar que continuasse desmaiando nos lugares mais inconvenientes. Quando voltei a mim, estava deitado num sofazinho da sala de entrada com várias pessoas de olhos arregalados a minha volta e, tomando o meu pulso, o médico da família, que sempre era convidado para todos os almoços, jantares e festas que davam na fazenda desde que a mãe da anfitriã caíra fulminada num domingo de Páscoa no exato instante em que ia colocar uma imensa garfada de fios de ovos, seu doce preferido, na boca, para nunca mais acordar, permanecendo em coma por uns bons meses antes de morrer. Procurei entre aqueles olhos os dele. Mas acho que nem mesmo a anfitriã tinha corrido em meu auxílio. Ao que parece, o meu mal-estar havia despertado o interesse de apenas alguns hipocondríacos mais contumazes, porque o almoço seguia o seu curso do lado de fora, com os convidados ganhando seus lugares em torno das mesas, sempre comparando, em suas conversas, o estado de suas ações, se era hora de vender ou comprar. Ao verem que nada de sério se anunciava com aquele desmaio, não um infarto, como alguns mais alarmistas — e em seguida decepcionados — tinham prognosticado, mas "uma simples queda de pressão", disse o médico da família, todos sumiram, e foi da sobrinha da anfitriã, uma moça um tanto perturbada e grosseira, com ares de adolescente, e a única que restou ao meu lado, provavelmente mais por estar cheia daquela gente e de discutir a crise econômica que tinha se abatido sobre o mundo e que nos apontava como os próximos a cair do que para zelar pela minha recuperação, que ouvi a primeira versão da história de D.

Começou dizendo que a primeira vez que o viu foi numa noite de chuva, o que pouco me interessava, quando a antropóloga deu um jantar em homenagem a ele. Perguntou se eu conhecia a antropóloga e sugeriu que eu falasse com ela. "Ela está por aqui, em algum lugar. Vi quando chegou", disse a sobrinha da anfitriã. D. tinha acabado de chegar à cidade quando a antropóloga resolveu lhe oferecer um jantar. A sobrinha da anfitriã tinha sentado à mesa ao lado de L. "Você conhece

L., tenho certeza. Não sei por que não veio hoje. Deve chegar a qualquer instante", disse, olhando para o jardim, como se de repente tivesse sucumbido ao ímpeto de se juntar aos outros. Disse que havia passado a noite conversando com L.: "É um cara simpático, que gosta de meninas, e eu não sei? Queria ver até onde ele podia chegar. Talvez, pensando agora, eu tivesse até me apaixonado se ele tentasse. Mas ele não ousava, eu sabia. Eu estava só provocando. Sabia que não ia além do mais convencional comigo. No fundo, é um cara medroso. E eu podia ser uma testemunha inconveniente. Você sabe, conheço toda a cidade, podia dar com a língua nos dentes. E não chego a ser discreta. Não tenho por que defender a minha honra. Não tenho nada para defender. É uma opção que você faz bem cedo. [Parecia uma velha falando.] E chega uma hora que não dá para voltar atrás. Não, ele não ia se arriscar. Burro ele não é. A gente conversou a noite inteira. Não passou disso. E o que ele me contou é muito diferente do que dizem por aí, titia e mesmo a antropóloga, se bem que a antropóloga parece conhecer mais coisas do que diz em público. Eu vejo pelo olhar dela, aquela expressão de sonsa. Está nos olhos. Vi como ela ficou olhando para mim e para o L., mais para o L. mesmo, durante todo o jantar. Dizem que com ela ele teve coragem. Ela não ousaria contar nada, do jeito que é, com a imagem que tem a zelar, e ele sabia. Tanto que com ela ele ousou, ao que parece. E nunca ninguém soube de nada ao certo. São só boatos. Entende? Passei a noite conversando com L., testando seu autocontrole. Não, burro é que ele não é. Foi ele quem me falou de D., o homenageado da noite, que eu nunca tinha visto antes", ela disse.

    L. tinha passado a noite lhe contando quem era D. Na mesa, baixinho, cochichando na orelha dela e fazendo com que risse, encostando os lábios na orelha dela, respirando no pescoço dela, só para contar a história de D. Ela não sabia por que ele sabia mais que os outros, mas de fato sabia. "É isso que me espanta nele, como é que sempre sabe. L. me contou, soprando no meu ouvido", ela disse, sem desconfiar que ele pudesse ter mentido. L. lhe disse que quando D. chegou à cidade telefonou para ele dizendo que um amigo comum, um ator, o tinha incitado a procurá-lo. Mas na verdade L. não conhecia ator nenhum. Sabia quem era o sujeito, de nome, da televisão, mais nada. L. recebeu D. no escritório assim mesmo. Conversaram durante horas. D. queria comprar um apartamento e conhecer pessoas, fazer contatos. L. o ajudou a achar o apartamento e o apresentou a meio mundo. "Eu me virei para ele, espantada, como quem pergunta: Mas como, uma pessoa que você nem sabe quem é?! Fiquei indignada. E ele deu mais uma garfada no bacalhau, sorrindo e sem responder à pergunta que no fundo eu não tinha feito. Isso é irritante em L. Essa superioridade. Quando a gente pensa que ele já está na mão, aí ele mostra todo o desprezo pelos que estão em volta, e a ironia que eu não suporto, que me tira do sério. Por que recebeu D. se nem conhecia o ator? Por quê? E por que apresentou ele para meia cidade? Não sabia quem era o cara. O irritante é que nunca tivesse contado aquela história para ninguém e viesse me revelar logo ali, durante aquele jantar, com D. a alguns metros, para ver a minha reação", ela disse.

Quando lhe perguntei se não tinha lhe passado pela cabeça que talvez não devesse levar a sério o que L. dizia, ela respondeu: "Não, L. não mente. Me contou aquilo ali porque sabia que ia me deixar paralisada quando era eu que pensava que estava encurralando ele, entende? É isso que é irritante. Ele não mente. Mas as verdades que diz deixam quem ouve impotente. Você queria o quê? Que eu levantasse no meio do jantar e dissesse que o homenageado era uma farsa? Se eu nem sabia que farsa era aquela?". L. lhe contou, depois, que D. tinha mentido mas não explicou que mentira era aquela, nem se parava por ali ou continuava, se era muito maior, e era isso que ele queria que ela pensasse, segundo ela, que a mentira era muito maior. L. esperou que a sobrinha da anfitriã ficasse bem tensa, a ponto de derramar o vinho no colo, para voltar ao seu ouvido com o hálito sibilino e dizer que D. era um assassino, e que não era D. o nome dele.

Fiquei perplexo, não por ele poder ser um assassino, como repetia a sobrinha da anfitriã com base no que tinha ouvido de L. — e acreditando que aquilo deveria soar para mim como a maior das surpresas —, mas por D. poder não ser o seu nome de verdade. Era o que eu queria ouvir. E era, de certa forma, como se ela soubesse. Nem prestei atenção na história de assassinato. Queria saber o nome. "Era qual então? Qual o nome dele?", eu perguntei.

Ela disse que não sabia, que L. também não tinha lhe dito, nem o nome verdadeiro nem como o havia descoberto. "Ele sempre sabe de tudo. Pelo que entendi, tinha visto na televisão a notícia do desaparecimento de um francês alguns anos antes, após terem descoberto o corpo de um milionário assassinado, e deduziu que o fugitivo fosse D., por mais de uma coincidência, de que também já não me lembro se você me perguntar, vou logo avisando. Minha tia queria que eu saísse com ele. Não com L., que encontrei por acaso naquele jantar. Queria que eu saísse com o pintor. Por isso eu tinha sido convidada. Ou você acha que hoje alguém ainda se arrisca a me convidar para algum jantar? Eu sou a inconveniência em pessoa. E titia queria que eu saísse com ele. Porque no fundo estava intrigada, queria que eu fizesse a ponte, e a pesquisa. Fui para aquele jantar sem saber de nada, nem ao menos aonde estava indo", ela disse.

L. lhe contou primeiro a história oficial, "antes de vir com essa de assassino". A versão oficial, que todo mundo parecia conhecer, menos eu — e ela quando foi convidada para o jantar: "Nem isso eu sabia, para você ter uma idéia". Ela não sabia que ele tinha perdido a cabeça mais de uma vez, por causa da pintura, pelo que diziam. E que tinha vindo para esquecer a pintura. Não sabia que era um grande pintor de paisagens e que sua maior ambição, que pelo anacronismo fazia toda a sua originalidade, era ser o maior pintor de paisagens do final do século. "Imagine só! O maior pintor de paisagens do final do século xx! Ha! Ha! Ha! Era o que faltava ao final do século xx, não é mesmo, o maior pintor de paisagens!", ela dizia ao meu lado, enquanto os convidados se serviam do lado de fora. "E como é que todo mundo caiu nessa história?", perguntei como provocação. "Era isso mesmo que L. me perguntava para me convencer de que sua história de assassino era no fundo a verdadeira. Como era possível um sujeito enlouquecer por causa da pintura no final do século xx? L. me perguntava antes de contar a sua versão de D., com a boca encostada no meu ouvido e aquele hálito quente de quem gosta de meninas", ela respondeu, sempre grosseira.

L. lhe contou primeiro o que todo mundo sabia, menos eu — e ela até aquele jantar —, que D. teria querido ser o maior pintor de paisagens do final do século e que, só de querer, no final do século xx, talvez já fosse demente, antes mesmo da primeira internação e do diagnóstico, e de terem-no aconselhado a abandonar o que mais queria, a pintura, para se curar. Como um médico no final do século xx pode chegar à conclusão de que é a pintura a causa da loucura de um homem? Era isso que L. lhe perguntava com a boca no ouvido dela, ironizando a versão oficial: D. teria largado tudo, a carreira tão promissora, os quadros que vendia a preços astronômicos, o prestígio de um dos maiores artistas do seu tempo, o final do século xx, em que no fundo o anacronismo do seu discurso não podia cair melhor, teria largado tudo para vir para cá, o próximo país emergente a submergir na crise mundial, pelo que diziam, e esquecer a pintura. Teria vindo para se curar da arte. Só aqui conseguiria deixar de ser artista, lhe disse L., irônico, com o bafo no ouvido dela, antes de lhe contar a sua versão da história, o que tinha descoberto sobre D., juntando uma coisa com a outra. "Um pintor de paisagens! O maior pintor de paisagens do final do século xx! Você pode imaginar? Eu não! Ha! Ha! Ha! O que é isso? Um pintor de paisagens no final do século xx?", ela me dizia, enquanto os convidados se serviam do lado de fora e continuavam conversando sobre suas ações. Mas foi o que ele quis ser, segundo todo mundo, e por isso enlouqueceu. Os médicos queriam que ele deixasse a pintura. É o que todo mundo sabia. É o que todo mundo dizia. Que teria vindo para esquecer a arte. "Será que é porque aqui não existem pincéis? Ou será que falta tinta? Ha! Ha! Ha!", ela dizia e me perguntava: "Como todo mundo pode ter caído nesse conto da carochinha?" A mesma coisa que L. lhe perguntara, e que a deixou pensando desde então, antes de ouvir a história do assassino, que era a versão que ele tinha de D. "Você já deve ter visto os quadros dele. Porque parece que todo mundo viu", ela me disse, sarcástica. Menos eu — e ela até então. "Fui para aquele jantar sem nem saber para onde estava indo. Titia queria que eu saísse com ele. Você sabe para quê. Todo mundo sabe, menos eu. Ha! Ha! Ha! O maior pintor de paisagens do final do século xx! Que enlouqueceu! Pudera", ela exclamou.

 Parece, segundo a versão oficial, que os quadros dele mostram grandes cidades e os campos reflorestados. E que tudo é tão artificial. Parece que, na primeira crise, quando foi internado, tinha saído pelos campos, pintando a própria grama de verde e retocando as árvores. "Pintando a própria grama de verde!", ela exclamou de novo com sua voz estridente que me incomodava tanto mais depois do desmaio. Fora encontrado no meio de uma floresta com um pincel retocando um pinheiro. É o que todo mundo sabia. O que não sabiam, segundo ela, era a história que L. tinha lhe contado com a boca colada no seu ouvido. A versão oficial dizia que D. tinha ido para o hospício e saído à base de remédios. Agora, tinha de ficar longe da pintura. Por isso, teria vindo para cá. "Ha! Ha! Ha! Não dá para acreditar", ela disse, repetindo o que L. lhe dissera com seu bafo sibilino. E era nisso que todo mundo acreditava. Que tinha destruído a própria carreira querendo ser o maior paisagista do final do século XX. "É realmente original, não é? E eu tenho de concordar, é original. Ele podia ter querido ser o maior pintor do mundo, mas o maior paisagista, no final do século XX, é de doer! O que todo mundo sabe e diz é que já estava louco quando resolveu ser o maior paisagista do seu tempo. Já estava demente. L. me disse com a boca colada no meu ouvido que era preciso ser demente para acreditar numa história dessas, ou que alguém pudesse acreditar nela, antes de me contar a história do assassino, que era a sua versão de D., muito mais apropriada, segundo ele, para o final do século XX, e eu acreditei", ela disse, me pedindo ao mesmo tempo para olhar para D. sentado a uma mesa no jardim, ao lado da anfitriã, "Lá está ele", ela disse, e tentar imaginá-lo com um pincel no meio do campo pintando as árvores de verde. "Ha! Ha! Ha! Louco! Louca sou eu, que faço os caprichos da minha tia e vou a jantares com gente que nem conheço para depois relatar como foi meu encontro com o homem que ela quer conhecer. Não tenho nada a perder. Já tenho minha reputação. Não vou ter filhos nem marido. Tem coisas que você sabe a partir de uma hora. Todo mundo sabe e diz. Querem que ele tenha enlouquecido por causa da pintura, pois bem, e que encontre a cura aqui, longe da arte. Então muito bem. Querem que tenha sofrido uma segunda crise ao dar a última pincelada de uma tela que, se não a tivesse destruído logo em seguida, teria representado a mais bela paisagem do final do século XX, e que depois tenha saído pelo mundo procurando, gastando tudo o que tinha nos melhores hotéis, quando havia, e com expedições aos locais mais inacessíveis, até os irmãos encontrarem ele numa iurta no cu-do-judas, inconsciente e cercado de mongóis. Querem que seja assim, então muito bem. Querem que, a cada nova crise, ele tenha sido encontrado num canto do mundo, à procura da mais bela paisagem do final do século xx, sempre depois de ter destruído uma tela que deveria representar essa paisagem, então muito bem, L. me disse antes de contar a sua versão de D. Por que ele deveria esquecer a pintura logo aqui, neste país prestes a cair como os outros nesse desastre financeiro, se em todos os outros cantos do mundo ele a procurava? L. me perguntava com a boca colada no meu ouvido, e eu ficava pensando — antes de ouvir a história do assassino que era a sua versão de D. — que ele tinha razão. Porque se ele foi até o cu-do-judas procurando a pintura, o que poderia ter vindo fazer aqui? Esquecer? Ha! Ha! Ha! Sou tola, mas tolice tem limites. Faço o que minha tia quer, mas boa vontade tem limites. Vou a jantares para conhecer os homens em quem ela está interessada, mas favor tem limites. Não preciso zelar pela minha reputação, mas até isso tem limites. Um pouco de lógica pelo menos. É o mínimo que eu peço para seguir representando a minha parte, entende? L. é um homem lógico, e isso me interessa. Sabe o que está dizendo. Não cai em qualquer tolice, como essa história de maior paisagista do final do século xx. Onde já se viu? L. desconfia. Se criou a sua própria versão de D., é porque é um homem inteligente e lógico. Sua versão tem muito mais lógica do que essa história de fugir da pintura. Não faz sentido, entende? Mas então por que todo mundo continua repetindo e acreditando nela? Minha paciência também tem limites. Olhe para eles lá no jardim. Olhe minha tia tentando agradar. Fazendo tudo o mais agradável possível. Sempre soube receber bem. Ela mesma diz. E olhe ele sempre ouvindo. Por que está sempre ouvindo? Quem fala demais corre o risco de se contradizer, entende? Não é que eu tenha gostado do bafo de L. no meu ouvido, mas pelo menos era um bafo lógico. E mais convincente para o final do século XX. Olhe só minha tia lá fora. Deve ter sido uma menina bonita. Nas fotos pelo menos. Eu puxei o lado do meu pai. Não tive a sorte das minhas irmãs. Fiquei como uma observadora de tudo isso. Olhe ela lá fora. Não é triste? Por que precisa tanto agradar? Quer ser lembrada como aquela que dava grandes festas. Eu não quero ser lembrada por nada neste mundo. Prefiro ser esquecida, entende? Olhe lá. Olhe para os dois. Esse sujeito também está querendo ser esquecido. Está na cara. Você olha para os dois. Olha para ela e olha para ele. Ela quer ser lembrada. Basta ver a ansiedade com que fala. Mas ele não. Apenas ouve. Quer ser esquecido. Você vai dizer que eu estou falando demais. Mas quem é você? Um pobre coitado que já não deve nem mais ter memória. Aposto que você anda esquecendo tudo também. E desmaiando assim no meio dos almoços. Não corro nenhum risco de ser lembrada por você. Daqui a uns anos não vai se lembrar nem mesmo de quem é, ou foi algum dia. Esta casa aqui viu muita coisa mas você olha para essas paredes e não restou nada, entende? Eu também quero ser esquecida, já que não tenho escolha. Não vou deixar filhos. Não vou deixar nenhuma obra. Nunca fiz nada para ninguém. Nunca movi uma palha pelos outros, a não ser pelos caprichos da minha tia. É verdade que não tive sorte — puxei o lado do meu pai. Mas a maioria não tem. É o que dizem. Eu não sei. Seria demais pedir um pouco de sorte, entende? Você vai dizer que, para quem quer ser esquecida, até que eu estou falando bastante. Quer apostar que você sai daqui e não lembra de uma palavra do que eu disse? E além do mais ainda está um pouco grogue. Você deve ter conhecido ela quando era moça. Aposto que não se

97

lembra mais como era bonita. Se dependesse de você para fazer ela voltar ao que era, se Deus te desse esse poder, ela estava perdida, porque você não se lembra, entende? No fundo, ninguém se lembra. Ninguém pode lembrar de nada, nunca. É triste para quem quer ser lembrado. Mas para quem quer ser esquecido, como eu, tudo passa a ser mais fácil. Olhe para ele. Quer ser esquecido. É um fugitivo. Por isso veio para cá. Essa história de fugir da pintura é descabida. Ele está fugindo de outra coisa. Quer ser esquecido. Foi o que L. entendeu logo, porque é um homem lógico. Foi o que me sussurrou no ouvido", ela disse.

    L. lhe contou a história do assassino, que era a sua versão de D. Tinha visto uma notícia na televisão sobre um homem que, depois de manter para si por anos e anos o hobby inofensivo de falsificar documentos de fatos históricos que nunca ocorreram, inclusive fotografias e quadros, retratos de pessoas ilustres que nunca existiram, um pequeno crime sem conseqüências, tinha, aparentemente para salvar um amigo, passado à atividade vulgar do assassinato. É verdade que vez por outra um desses quadros e documentos falsos e inofensivos, era inadvertidamente introduzido em museus, arquivos e coleções particulares, perpetrando assim uma perversão da história. Mas nada era sistemático. Até que do simples hobby ele passou ao assassinato de um milionário. Descoberto em P., o assassino teria se refugiado neste continente para onde todo o mundo foge, e neste país prestes a cair como os outros nessa derrocada financeira, e foi daí que L. deduziu que D. e o assassino eram a mesma pessoa. Ao que parece, D. teria cometido um único erro, que só L. sabia, e agora também a sobrinha da anfitriã, e eu pelo que ela me contava: ao chegar aqui, precisando de dinheiro, tentara vender a L., e por uma pequena fortuna, o acordo de armistício da Batalha de X., uma batalha inventada, segundo L., segundo a sobrinha da anfitriã.

Foi quando L. pôde comprovar suas suspeitas, deduzindo que D. era realmente o assassino de que ouvira falar na televisão. Não perguntei nada a ela. Deixei que continuasse falando, e ela contou como de falsário diletante ele havia passado a verdadeiro assassino para salvar um amigo. Não perguntei nada. Não posso ter induzido sua história. O falsário tinha um grande amigo, um advogado pelo que ela se lembrava da conversa de L., que um dia havia se deparado com uma situação totalmente extraordinária, uma verdadeira provação, segundo ela apenas, porque duvido que L. tenha usado esse termo, *provação*, não era do seu feitio. Um dos principais clientes do advogado desaparecera da noite para o dia, sem deixar qualquer traço além de sua fortuna. O advogado se achara portanto na incumbência de administrar todo aquele dinheiro, que era muito, muito mesmo, segundo L., segundo a sobrinha da anfitriã, embora não me dissesse quanto, à espera do eventual retorno do cliente. Durante anos e anos ele esperou a volta do cliente, alocando grandes somas aos melhores investimentos, fazendo os melhores negócios, fazendo prosperar aquele patrimônio imenso. Por anos e anos, até que começou a desconfiar de que o cliente não voltaria mais. Passou a suspeitar da sua morte. Essa dúvida foi crescendo assim como o dinheiro e o dilema de ter nas mãos uma fortuna que não tinha outra serventia além de se auto-alimentar. Não podia dispor daquele patrimônio todo enquanto o cliente não fosse dado oficialmente por morto, o que teria de esperar ainda muitos anos sem o aparecimento do corpo, pelas leis daquele país, que ela também não sabia me dizer qual, e a partir de um dado momento o advogado não agüentou mais e, pouco a pouco, por baixo do pano, passou a usar o dinheiro para as melhores causas, financiando pesquisas de novos medicamentos e campanhas sanitárias em países miseráveis. Durante anos ele gastou a maior parte dos lucros que havia obtido com os melhores investimentos, graças ao seu discernimento financeiro, sem nunca tocar no patrimônio inicial. Mas só até ser pego de surpresa pela crise de 19..., quando teve todos os seus esforços administrativos varridos pela onda de pânico das bolsas de todo o mundo e, comprometido com o financiamento de vários projetos médicos e científicos, viu-se obrigado por fim a tocar na parte sagrada. Foi o passo em falso. Em poucos meses, um terço da fortuna tinha sido dilapidado. E foi quando o cliente desaparecido reapareceu. Mas só para o advogado. Como se durante todos aqueles anos desaparecido ele tivesse ficado à espreita, a observar o que o advogado faria com seu dinheiro, esperando o passo em falso para reaparecer.

Aquela crise que derrubou as bolsas de todo o mundo tinha estourado menos de um ano antes do jantar em E. Agora, enquanto a sobrinha da anfitriã continuava falando, eu só pensava que, naquela noite, quando o administrador de grandes fortunas se levantou correndo da mesa para descer até o vilarejo às pressas e encontrar o cliente escocês (era pelo menos essa a sua expectativa), provavelmente já tinha perdido um terço da fortuna dele, se é que o advogado de que falava a sobrinha da anfitriã, repetindo a história de L., e o administrador de grandes fortunas eram realmente a mesma pessoa, como passei a suspeitar enquanto ela me contava a história, e se também à suspeita levantada por L., e reproduzida com credulidade pela sobrinha da anfitriã, de que D. e o assassino fossem a mesma pessoa eu pudesse acrescentar uma outra: de que não somente D. e o assassino eram a mesma pessoa, mas na realidade uma outra: A., que eu conheci em E.

Ela prosseguiu contando que, quando o cliente reapareceu só para o advogado, quis fazer as contas, exigiu o dinheiro de volta e, diante de uma série de explicações que no fundo se resumiam todas à crença que o advogado tinha adquirido, depois de tantos anos de espera, na morte do cliente, ameaçou processá-lo. Deu um prazo ao advogado. Disse que continuaria desaparecido, não tinha a intenção de voltar ao mundo, até que o advogado conseguisse recuperar a parte de sua fortuna que havia perdido, mas que se dentro de um determinado período, que a sobrinha da anfitriã não se lembrava se era de três ou cinco anos, o advogado não conseguisse repor a parte que tinha despendido, ele reapareceria para o mundo, viria a público para processá-lo por estelionato. O advogado sabia que nunca conseguiria recuperar o que perdera. Entrou em parafuso. Sua carreira estava destruída, e a sua reputação. Contou a história a D., seu melhor amigo, e este lhe fez a proposta. Ambos arquitetaram o plano de matar o milionário enquanto continuava desaparecido. Para o público, seria simplesmente consumar o fato do desaparecimento. Nada mudaria. Para o resto do mundo, tudo continuaria igual. E foi quando uma luz se acendeu na minha cabeça e eu compreendi que talvez, naquela noite em E., se o advogado da história de L., segundo a sobrinha da anfitriã, era mesmo o administrador de grandes fortunas, e se D. e A. eram a mesma pessoa, então naquela noite em E. talvez não tenha sido um trote de M. quando um rapaz veio chamar o administrador de grandes fortunas no mosteiro, dizendo que um homem o esperava num botequim do vilarejo. Talvez A. e o administrador já o tivessem matado àquela altura e armaram toda a cena para que fôssemos a platéia incauta de uma farsa que lhes serviria de álibi. Talvez o chamado não tivesse sido um trote de M., como todos chegamos a pensar em silêncio, mas uma artimanha maquiavélica de A., se é que ele era D. e o administrador de grandes fortunas o mesmo advogado de que falava a sobrinha da anfitriã. O mundo que estava prestes a cair com a crise passou pela minha cabeça enquanto ela contava a história que tinha ouvido de L. Que nas semanas seguintes ao reaparecimento do milionário desaparecido o advogado, não vendo outra saída senão aceitar a proposta que lhe fizera D. e ainda tentando evitá-la por todos os meios de que dispunha, fez de tudo para dissuadir o cliente, para lhe explicar o que tinha feito, que usara o dinheiro para os fins mais respeitáveis, mas a única frase que não podia dizer, por ser ofensiva, e que na verdade explicava tudo, era que tinha acreditado na morte dele. Diante da evidência de que tinha sido depenado de um terço da sua fortuna, e que o motivo por trás do dispêndio era simplesmente que o advogado tinha acreditado em sua morte, o cliente prosseguiu determinado a mover, apesar de um mês de súplicas e evasivas, a ação por estelionato. No fundo, não era o dinheiro que perdera que o incomodava. A única coisa que não podia suportar era a idéia de que o advogado tivesse acreditado na sua morte. Se o advogado da história de L., pela boca da sobrinha da anfitriã, e o administrador de grandes fortunas eram a mesma pessoa, e se o cliente e o milionário escocês, ambos desaparecidos, eram a mesma pessoa, e se A. e D. e o assassino eram a mesma pessoa, então quem havia passado o trote não fora M. mas o próprio administrador, mancomunado com A., em nós. E, antes deles, o próprio cliente no administrador, desaparecendo durante anos, até ser dado por morto, para reaparecer do nada, justamente quando o advogado tinha começado a gastar o que não era seu, para reivindicar o seu dinheiro de volta. Foi aí que entrou D. ou o assassino, segundo L., segundo a sobrinha da anfitriã, ou A., segundo eu mesmo, que ouvia tudo boquiaberto.

Confrontado com o desespero do amigo (o advogado ou administrador de grandes fortunas), o assassino (D. ou A.) foi levado a dar uma utilidade mais prática e imediata ao que antes não passara de hobby, provocação intelectual, entregando-se à atividade tremendamente real e vulgar, segundo L., segundo a sobrinha da anfitriã, de falsificar o desaparecimento do cliente com uma morte que de acidental não tinha nada. Levou um tempo para concretizar a passagem do simples idealismo romântico para a realidade, de falsário diletante a assassino. Não podia confiar em ninguém, mandar ninguém matar, fez com as próprias mãos. Nunca ficou claro se o advogado soube de tudo, dos detalhes do crime, ou se em desespero de causa tinha apenas aceitado o socorro do amigo. O mais bonito seria que não soubesse, segundo L., segundo a sobrinha da anfitriã, e que não tenha pensado no crime mas somente na amizade.

Como sempre nessas ocasiões, o assassino acabou sendo descoberto, e ao se refugiar aqui, o próximo país a cair, cometeu o seu único erro: tentou vender, logo ao chegar, porque precisava de dinheiro, o acordo de armistício da Batalha de X., uma batalha inventada, segundo L., segundo a sobrinha da anfitriã, e foi quando L. pôde comprovar sua suspeita de que D. só podia ser o assassino de que ouvira falar na televisão. Porque se era falsário, e tinha acabado de chegar, só podia ser também o assassino.

"Só que a Batalha de X. existiu realmente!", eu retruquei, perplexo diante da ignorância da sobrinha da anfitriã.

Saí dali para o jardim à procura de um pouco de ar, sufocado pela claustrofobia daquela história que a tudo se referia e tudo englobava, me fazendo ver quem eu já conhecia no lugar de personagens que nunca tinha visto, gente com quem jantei no lugar de assassinos e estelionatários internacionais. E no meio do caminho, como uma pedra bêbada entre o pesadelo em que tinha se transformado o interior da casa e a vastidão e a liberdade contrastante — embora ilusória, como eu estava para descobrir — do exterior, tropecei em L., que cambaleava com um copo de uísque na mão. Me pegou pelo braço, mais em busca de apoio do que como quem encontra um amigo (porque não me conhecia), um apoio que não era apenas físico: me mostrou um poeminha ingênuo que acabara de escrever num guardanapo de papel ainda úmido e que só a bebedeira poderia lhe permitir, superando o bom senso, mostrar a quem quer que fosse, mesmo ao mais inculto dos convidados:

*Toda essa gente
também vai morrer.
Aquela mulher à mesa,
que de tantos já foi presa.
Aquela outra com o braço quebrado,
que ela mostra ao namorado.
Aquele homem tonto
de amor e de espanto.
Aquele outro com a cicatriz no rosto,
que já começa a ficar indisposto.
Todos, por mais sensatos que sejam,
têm dificuldade de ver
o que menos almejam,
que também vão morrer.*

    Estava aterrorizado com a velhice. Pelo que me disse, não era mais o arrebatador de corações de outrora. As palavras eram dele, que pelo anacronismo confirmavam mesmo o que mais temia: que seu tempo já tinha passado. Disse que tinha problemas com as mulheres, mas não explicou quais. Disse que gostava das mais jovens, tinha vivido para elas, e que num mundo em que o sexo já era visto por muitos como excesso a ser tratado talvez o melhor fosse mesmo morrer antes de receber o diagnóstico de viciado. Aproveitei para mencionar o que tinha me dito a sobrinha da anfitriã. "Aquela putinha", ele respondeu. Eu queria saber mesmo era da história do assassino. "Não", ele riu. "Era só história. Então, a putinha acreditou... Pelo menos isso. Já que não quis foder. Inventei aquela história só para impressionar. Nunca tinha visto aquele sujeito antes daquele jantar", disse, e riu de novo, riu muito. E antes que eu pudesse me desvencilhar dele, me segurou pelo braço e continuou: "A velhice é foda. Contei só para seduzir a putinha. Achei que não tivesse acreditado, porque não quis foder, mas no fundo acreditou. Gostosa, não é? E não é só ela não. Tem um monte aí dando sopa".

Tentei interrompê-lo mais de uma vez, inutilmente; por fim, perguntei com vigor, quase gritando, se então nada daquela história era verdade, e ele, parando por um instante, não sei se para refletir, recobrar a razão ou se indignado com a minha petulância, respondeu que não. Nada. E afinal de onde tinha tirado tudo aquilo? Da cachola. Da cacholinha, ele disse, soltando o meu braço e se afastando cambaleante pelo jardim, depois de me lançar um sorriso patife e antes de se perder num rabo-de-saia que passava esvoaçante a caminho de uma das mesas.

Olhei para o guardanapo com o poeminha borrado na minha mão e, depois de amassá-lo e de atirá-lo a um dos cachorros, dois perdigueiros idiotas que vagavam em torno das mesas à cata de restos de comida, o qual depois de mastigá-lo um pouco, percebendo que não passava de papel, abandonou-o babado na grama, saí à procura da minha mesa. Ficava numa das extremidades do jardim, logo antes de um despenhadeiro. Era a melhor vista do vale e do rio que o cortava bem no meio, ladeado por duas fileiras de árvores a meu ver monstruosamente frondosas (monstruosamente?, me perguntaram, desconcertados com meu horror da exuberância da natureza) e que de longe me pareceram carvalhos, embora tenham me garantido que não passavam de amendoeiras, quando perguntei. O meu lugar ficava justamente entre um rapaz e uma moça que conversavam com animação quando cheguei e que continuaram depois de eu ter me sentado, ora se curvando para a frente ora esticando os pescoços para trás, para se desviarem de mim, conforme também eu ia para a frente e para trás no movimento natural de quem se debruça ao levar o garfo do prato à boca e depois se recompõe enquanto mastiga, um movimento natural, como já disse, cujo objetivo era a simples alimentação e de maneira nenhuma, como se poderia supor num primeiro momento, atrapalhar a conversa dos dois, ainda mais porque o interessante, para dizer o mínimo, é que falavam de D.

O rapaz dizia que o tinha encontrado pela primeira vez em P. e a moça respondia uh-uh, entre uma garfada e outra, com os olhos arregalados de interesse. Ele dizia que o tinha conhecido numa recepção na casa de um colecionador de arte africana, onde também estava um especialista em religiões animistas. Os três desconhecidos — o rapaz, o pintor e o especialista — se reuniram por força das circunstâncias e do acaso num canto da sala onde D. terminou, depois de ouvi-lo com atenção explicar seu campo de estudo, perguntando ao especialista se então era verdade que todas as almas vinham mesmo de um único lugar, eram parte de um único todo e portanto, como meras representações, podiam tomar diversas formas em diversos momentos, não só em reencarnações mas ao longo de uma mesma vida. O especialista sorriu e disse que não era assim tão simples, segundo o rapaz, enquanto a moça fazia uh-uh. Disse que a crença variava de região para região e de tribo para tribo, terminando por concordar que em geral e de uma forma simplificada era isso mesmo, embora somente num lugar específico, de cujo nome o rapaz já não se lembrava, esse princípio pudesse ser tomado realmente ao pé da letra, com o mesmo indivíduo mudando de identidade — e sendo encorajado a fazê-lo — várias vezes ao longo da própria vida, tornando o próprio corpo apenas uma escala no ciclo intercambiante de todas as almas, que no fundo eram uma só. O rapaz disse que D. tomou então a palavra para expor a sua própria teoria, intuitiva, ele concordava, mas "a única explicação possível para o amor". Segundo D., segundo o que o rapaz contava para a moça que fazia uh-uh, haveria duas linhas, como dois trilhos paralelos, um acima do outro, e o rapaz desenhou o gráfico num pedaço de papel que tirou do bolso da calça para a moça que fazia uh-uh.

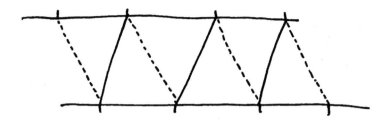

O de baixo representaria os indivíduos alinhados, seus corpos. O de cima, os espíritos dos mesmos, também alinhados, mas com um pequeno deslocamento em relação à linha de baixo. Com esse pequeno descompasso entre a linha de baixo e a de cima, os espíritos ficariam ligeiramente desalinhados em relação aos corpos a que deveriam corresponder, passando a exercer também uma zona de influência sobre os corpos seguintes, assim como os corpos que deveriam lhes corresponder sofreriam a influência dos espíritos posicionados anteriormente na linha paralela em relação a eles. Segundo D., segundo o que o rapaz contava à moça que fazia uh-uh, esse era o esquema do amor, a única explicação possível para o amor: o seu espírito sempre invade o corpo de um outro indivíduo posicionado adiante, assim como o seu corpo é invadido pelo espírito posicionado atrás. E eu percebi que, enquanto falava, o rapaz olhava para a mão da moça que fazia uh-uh e que parecia encantada com uma explicação tão simples para o que sofria sem entender.

O rapaz disse que o especialista em religiões animistas achou graça da teoria de D. (um sorriso sem graça, para dizer a verdade), e logo se retirou para outro canto, incomodado, sem saber se D. era um imbecil ou se era tudo pura ironia, e a moça que fazia uh-uh parou por um instante de fazer uh-uh para pensar se também ela não teria caído na armadilha ao ouvir a história, encantada com uma teoria que no fundo não passava de sarcasmo. Debruçando-se sobre o meu prato num certo esforço contorcionista, o rapaz segurou por fim a mão dela na minha frente e com firmeza, garantindo que não tinha importância: afinal, o que é o amor?, ele perguntou e ela sorriu de novo e fez uh-uh.

Ele disse que o mais estranho veio cinco anos depois (havia mais ou menos um ano, portanto), e eu tentei prestar mais atenção, diminuindo ao mínimo os meus movimentos com o garfo, para a frente e para trás, para não obrigá-los a qualquer tipo de esforço ou contorção, agora que ele já tinha largado a mão dela. O rapaz acabara de voltar do exterior. Nunca mais tinha visto D. Eu ouvi: "Cinco anos depois dessa recepção em P., eu estava voltando do meu sítio por aquela estrada tortuosa. Tinha convidado um casal de amigos estrangeiros que vinha comigo no carro. Ao final de uma curva, demos com uma cena dantesca. Dois carros estavam parados no meio da estrada. Tinham batido de frente. Num dos carros, o mais destruído, vinha uma família: o marido, que dirigia, e a mulher na frente, e duas meninas, uma de no máximo um ano, no banco de trás. Tinham perdido a direção e atravessado a estrada. Bateram de frente com o carro que vinha na outra pista, em sentido contrário. O motor, de onde saía uma fumaça rala, ficou inutilizado. Quando a gente chegou à cena, o acidente tinha acabado de acontecer. O pai de família ainda estava caído dentro do carro, em cima do volante. Tinha batido a cabeça, que estava ensangüentada. A mulher tinha saído do carro e estava gritando para a criança de um ano, que trazia nos braços, para não dormir. 'Não durma, minha filha, por favor!', ela gritava desesperada, enquanto a menininha, com a cabeça coberta de sangue, não emitia nem um som e já começava a fechar os olhos. A outra filha, de mais ou menos cinco anos, chorava aos berros, sozinha no meio da estrada. O motorista do outro carro tentava abrir a porta do pai das crianças para tirar ele de lá de dentro, que continuava caído em cima do volante. Parei o carro com o pisca-alerta ligado e fui andando até o acidente. Eram só uns metros, mas pareciam quilômetros. O casal de estrangeiros não me acompanhou. A mulher não teve coragem de descer do carro, e observou tudo de lá de dentro com os olhos esbugalhados e o pescoço esticado, enquanto o marido abria sua porta para ficar apoiado nela, de pé na estrada, sem avançar nem um passo. Fui chegando perto, passei pela menina de cinco anos gritando, pela mãe desesperada com a criança nos braços, implorando que a pequena não dormisse, e já ao lado do homem que tentava abrir a porta do motorista desmaiado perguntei como um tolo se precisavam da minha ajuda. O homem se virou para mim. Era ele. Ele mesmo. Estou falando de D. Os cabelos estavam empapados e a camisa coberta de sangue. Não me reconheceu. Eu o ajudei a abrir a porta e a tirar de lá de dentro o motorista que, assim que a gente segurou ele, foi recobrando a consciência, levou a mão à cabeça e gemeu. Agora já estava de pé no meio da estrada. Ajudei D. a colocar toda a família dentro do carro dele. O motor não tinha sido afetado, ao contrário do outro carro. Quando já estavam todos acomodados, o pai no banco da frente, gemendo com a mão na cabeça, e no banco de trás a mãe implorando para a filha no colo não dormir e a menina de cinco anos chorando aos berros, perguntei novamente a ele se ainda precisava da minha ajuda. Pediu que fosse atrás dele até o hospital. Não me lembro do sotaque francês. Não me lembro dos detalhes, só que me pediu para seguir ele, porque era 'muita responsabilidade para um homem só'. Eu não disse nada, só ouvi o que ele disse, caminhei de volta para o meu carro, onde o casal de estrangeiros me esperava, e dei a partida. Me perguntaram 'E então?' e eu respondi: 'Nada'. Não falamos mais. A gente seguiu o carro de D. por uns quilômetros e quando ele pegou à direita, rumo ao hospital, eu segui em frente, sem qualquer explicação ou motivo. Fui embora, não fui atrás dele até o hospital. Não pensei que encontraria ele de novo. Nós três, eu e o casal de estrangeiros, não falamos mais nada até o final da viagem. Na minha cabeça ia e vinha aquela última frase de D.: que era muita responsabilidade para um homem só. Não sei o que ia na cabeça do casal de estrangeiros. Não sei o que aconteceu com aquela família ou com D. Nunca mais vi ele. Só há alguns meses, conversando com amigos, é que tive a coragem de falar do acidente e do que eu não tinha feito. Disse que quando ele me pediu para ir atrás dele até o hospital, porque era muita responsabilidade para um homem só, eu não disse nada, simplesmente abandonei ele no meio da estrada, sem saber por quê, provavelmente por covardia, e egoísmo, e mesquinharia, mas mais por covardia mesmo, fui abjeto e covarde, e que desde então tinha vivido com aquela culpa danada de ter abandonado ele, sem mencionar nem o acidente nem a culpa para ninguém. Todos olharam para mim em silêncio, e ainda hoje não sei direito se foi porque também conheciam vergonha semelhante ou só porque tiveram vergonha de ser meus amigos. Não posso reprovar ninguém já que também foi de vergonha que fiquei quase um ano sem falar de D. Se eu fosse ele, também não me perdoava. Só peço a Deus que hoje ele não tenha me reconhecido como eu reconheci ele, e que possa ter guardado o seu desprezo para um qualquer que deixou ele na estrada, e que ele nunca mais viu ou verá, um desconhecido que não seguiu ele até o hospital, por covardia, e não eu. Porque seria muita responsabilidade para um homem só".

Nisso a moça se levantou. Já não disse uh-uh ao final do que acabava de ouvir, mas apenas que precisava ir ao banheiro. Tinha agora uma expressão de horror no rosto. Horror não era bem o termo. Levantou-se e não voltou mais. O rapaz ainda a procurava com os olhos pelo jardim, pelas outras mesas, resistindo a encarar os fatos: que tinha sido abandonado, quando me virei para ele e perguntei se era verdade. Só a última parte, ele respondeu. Tinha inventado o resto para seduzi-la. "Só o acidente era verdade. E você veja no que dá. A verdade não atrai, só afasta. Se eu tivesse continuado a mentir talvez ela ainda estivesse aqui me ouvindo, com as mãozinhas suaves, mas fui querer contar a verdade. Achei que pudesse. Não estive em recepção nenhuma, nunca vi esse sujeito antes do acidente, e foi só hoje, quando nos vimos frente a frente, e fomos apresentados, que eu reconheci ele, e acho que ele também me reconheceu do dia do acidente, mas não tenho certeza. Só peço a Deus que não tenha me reconhecido. Não pensei que um dia voltaria a falar da minha covardia. Não pensei que fosse encontrar ele de novo. Dizem que é pintor, e que veio para cá para esquecer a pintura. Foi Deus que colocou ele naquele acidente, para salvar aquela família, porque eu não teria tido a coragem. Teria abandonado a família como abandonei ele a caminho do hospital, covarde. E a gente tinha de se reencontrar logo hoje! Me perguntaram se eu queria conhecer o maior pintor de paisagens do final do século XX e eu disse que sim, por que não?, e quando me virei dei de cara com o sujeito e reconheci ele e acho que ele também me reconheceu, porque não disse nada, não sorriu, não disse que era um prazer, só me encarou com aqueles olhos de juiz. Só o acidente, só o acidente foi real, o resto eu inventei para impressionar ela, e até estava conseguindo quando resolvi contar a verdade, você viu?, porque achei que ela pudesse me aliviar daquele peso, que fosse compreensiva, já estivesse muito impressionada, mas aí é que ela ficou impressionada de verdade, e horrorizada, mais do que eu mesmo. A verdade não atrai, só afasta. Essa é que é a verdade."

Todos pareciam estar usando D. para conquistar as mulheres. Falar de D. era uma espécie de sedução. Olhei para o rapaz culpado. Não parava de falar do acidente. Agora que eu não lhe dava mais ouvidos e simplesmente recusava a sobremesa que um copeiro me oferecia pelo outro lado, ele se virou para a mulher de cabelo preto preso num rabo-de-cavalo que tinha ficado à sua direita e começou: "Eu encontrei ele pela primeira vez em P., numa recepção na casa de um colecionador de arte africana...".

Eu me levantei e saí andando por entre as mesas. Vi a mulher de braço quebrado de que falava o poeminha infame de L., agora não mais que uma bolinha de papel babado perdida em algum canto na grama. Ela levantava o braço para os que a rodeavam escreverem suas iniciais no gesso. "Só as iniciais", gritava às gargalhadas, "senão não vai caber todo mundo!" Passei pelo homem de cicatriz no rosto a que também fazia menção o poeminha de L., e deduzi que "o homem tonto de amor e de espanto" a que se referia um dos versos só podia ser o rapaz que tive por uns momentos ao meu lado, obcecado pelo acidente e pelas mulheres que tentava impressionar antes de lhes revelar invariavelmente, quando já pareciam conquistadas — o que talvez provocasse o fatídico arroubo de sinceridade —, a sua covardia. Passei pela sobrinha da anfitriã, que agora fingia me ignorar enquanto ouvia a conversa de um armador aposentado, hoje apenas criador de cavalos, ao lado de mais duas outras mulheres e um homem. Parece que discutiam a possibilidade de vender o próprio corpo. As duas defendiam, rindo, a idéia de que tudo na vida depende da oferta, "ainda mais quando a coisa aperta". O armador aposentado garantia que não hesitaria nem um minuto em vender o seu, no caso de necessidade e, é lógico, se alguém ainda se dispusesse a comprá-lo. A sobrinha da anfitriã trocava olhares em silêncio com o outro homem, que também não dizia nada. "Se os tempos prosseguirem nesse ritmo, não vejo outra solução para os jovens", completou o armador, enquanto as duas mulheres riam uma para a outra. Segui para a mesa em que a antropóloga era por fim servida de café.

Ela havia vivido uma das histórias mais horripilantes de que já se tinha tido notícia na cidade. Durante a ditadura, confundiram-na com a irmã guerrilheira e, sem saber o que responder às perguntas que lhe pareciam as mais estapafúrdias e que se referiam a gente de quem ela nunca tinha ouvido falar, foi obrigada a passar toda uma noite numa câmara frigorífica e, uma vez que o método não parecia resultar em nada, enfiaram-lhe um cano pela vagina adentro, com açúcar na ponta, por onde fizeram passar dezenas de baratas, até ela falar, aos berros, e contar histórias ainda mais estapafúrdias do que lhe pareciam as perguntas, sem pé nem cabeça, gritando, sobre aqueles nomes de que nunca tinha ouvido falar, os casos mais inverossímeis, qualquer coisa que lhe viesse à cabeça para se livrar das baratas, qualquer coisa que lhe perguntassem ela respondia, as revelações mais improváveis, sem nem ao menos tentar evitar as contradições, louca, louca, dizendo sim, sim, a tudo o que lhe perguntassem, gritando os maiores disparates, que terminaram por obrigá-los a se resignar ao fato de que não sabia nada e também de nada adiantava mantê-la ali por mais tempo. E essa história foi contada por toda a cidade depois de ela ser entregue em casa por uma senhora que a havia achado jogada no meio-fio de um bairro da zona norte ao sair para pegar seu trem pela manhã.

Quando foi presa, confundida com a irmã guerrilheira, esta desapareceu sem deixar traços, dando notícias somente meses depois, já instalada, graças ao dinheiro da família, num pequeno apartamento em P. com vista para um cemitério, de onde ligou agradecida para a irmã antropóloga, comovida por terem sido confundidas. Ela, a quem só havia sobrado a luta armada e agora o exílio, tinha sido salva pela irmã linda e inteligente, ela repetia aos prantos ao telefone (se não as tivessem confundido, agora estaria provavelmente morta), enquanto a outra, ainda trêmula do trauma, tentava consolá-la, dizendo, mas sem muita convicção, que ela também era linda e inteligente.

Todo mundo soube e hoje ela já consegue repetir e às vezes até achar graça das histórias que contou quando as baratas começaram a entrar pelo cano enfiado na vagina, aos berros, que S., uma moça de quem no fundo nunca ouvira falar, tinha um plano para matar o presidente e depois seqüestrar um avião para C. com mais outros cinco; que W. tinha de fato todas as informações de que podiam precisar sobre a guerrilha na serra do C. e que K. era o contato em G. As histórias mais desvairadas, até lhe pedirem os endereços e os telefones e os códigos e ela confirmar os mais desvairados também, que nunca existiram e quando checados se revelaram de uma padaria, de um cabeleireiro, da residência da senhora N., que acabou sendo presa por via das dúvidas, de uma auto-escola, de uma loja de bichos e de um terreiro de umbanda. Todas as histórias do mundo, o que pedissem para ela contar. Que I. assaltaria a agência Q. do banco J. às 3h45; que U. treinava os guerrilheiros na serra do C.; e que N. estava encarregada de tirá-los dali, todos, a qualquer momento, assim que necessário; que era ela justamente a atual mulher de W., que desde a morte de F. sofria de pesadelos terríveis; e que uma vez por mês N. viajava até C., com o único propósito de refazer toda a estratégia com base nos últimos desaparecimentos, eliminando dos planos tudo o que os desaparecidos pudessem saber e com isso comprometer o movimento; e que de tanto mudar os planos depois de tantos desaparecimentos, a própria N. começou a trocar as bolas em sua paranóia, adiantando-se aos fatos, tornando a estratégia incompreensível até para os que não tinham desaparecido e precisavam compreendê-la para executá-la, temendo que pudessem desaparecer de uma hora para outra, e que era por isso, talvez, que o que estava dizendo não fizesse sentido.

Ela chegava a rir agora, só de vez em quando, enquanto repetia todas as histórias que tinha contado com o cano das baratas enfiado na vagina, ela dizia na vagina, e ria, de vez em quando, só de lembrar que quando lhe perguntaram onde estava Z. ela respondera: em casa, lá em casa, escondido de vocês, sem saber nem ao menos quem era Z., quantos anos tinha, se era louro ou moreno, o que continuava sem saber mais de vinte anos depois, nem se estava vivo ou morto, e aí parava de rir e ficava em silêncio e não dizia mais nada.

A irmã da antropóloga ficou em P. por mais de dez anos até ser achada morta na banheira. Infarto, segundo o diagnóstico oficial, mas, como sempre nessas ocasiões, houve quem dissesse que tinha sido suicídio e até assassinato. Mas disso a antropóloga já não falava terminando o café ao final do almoço. Quando ria, só de vez em quando, enquanto contava a história das histórias que contou com o cano das baratas enfiado na vagina, todos calavam e a esperavam parar de rir, o que logo acontecia, porque sabiam que, de uma forma enviesada, era da irmã guerrilheira com quem havia sido confundida que ela estava falando o tempo todo. E calados eles pensavam no dia em que a irmã tinha sido achada morta na banheira, e que podia ter sido suicídio ou até assassinato, embora o diagnóstico tivesse sido infarto, porque nos últimos anos que esteve em P., a irmã da antropóloga se envolvera em todo o tipo de confusão e, sem o pretexto de uma causa justa, simplesmente tivera de reconhecer — ou pelo menos deixar aos outros que reconhecessem, o que deve ter sido terrivelmente humilhante para ela — que nascera para se opor e atacar; onde quer que estivesse, seria sempre o que aqueles que tanto falavam agora

de sua morte, e que antes tanto a evitaram, costumavam chamar de uma inadaptada, sem perceber o elogio que lhe faziam.
    Tinha sido achada morta na banheira. Nos últimos tempos estivera envolvida com um traficante de drogas. Parece que o tinha amado como a nenhum outro homem em sua vida. Mas tinha de ser um traficante, comentaram aqueles que depois tentaram explicar sua vida, sem ninguém para defendê-la, pelos clichês da psicologia moderna, porque era feia e apagada, porque nunca conseguira se equiparar à irmã antropóloga, porque desde pequena fora tratada como a falha da família, porque nunca tinha sido amada, porque queria se fazer notar, porque se identificava com os párias, porque lutava por um pouco de amor, porque só podia se afirmar pela rejeição dos que a rejeitaram, porque aos perdedores o mundo é imisericordioso.
    Tinha sido achada morta na banheira com os cabelos presos no ralo. O corpo foi trazido para cá. O traficante nunca mais deu as caras. Só a família compareceu ao enterro, e uma antiga amiga de escola, coincidentemente de passagem pela cidade, que não a tinha visto nos últimos vinte e cinco anos pelo menos e ainda se lembrava do dia em que a irmã da antropóloga lhe dissera, ainda menina, durante uma visita ao zoológico, que quando crescesse soltaria todos os animais e de quando, ao final do segundo ano, antes de a amiga se mudar de país com os pais, abraçou-a e disse que nunca a esqueceria, como os atores diziam nos filmes. A amiga de escola contou isso à família da irmã da antropóloga, diante do túmulo, provavelmente com o intuito de provocar algum tipo de emoção, de trazer-lhes boas lembranças da morta, o que não podia ter sido mais tolo e inútil, porque eles já não tinham razão para se emocionar, ou demonstrar qualquer emoção, deixando a amiga de escola com a impressão de estar falando com as paredes. Estavam exauridos e exangues. Não tinham

mais do que chorar. Era o fim de um grande cansaço. A vida da irmã da antropóloga tinha sido um grande cansaço. E não só para ela. Os que a rodearam não podiam estar mais cansados. E eles se arrastaram para a saída do cemitério com a amiga de escola que não cessava de falar inconformada com a impressão de estar conversando com as paredes. E dali para dentro dos carros antes de se despedirem dela para nunca mais vê-la. Eles se arrastaram dali para suas casas e depois por semanas, meses, até a antropóloga poder voltar a rir, mas só de vez em quando, um riso que passava logo e, no fundo, pensando agora, conforme eu me aproximava da sua mesa, também me pareceu muito cansado.

Estava falando a um grupo de quatro convidados — um casal que recentemente tinha perdido um dos filhos num desastre de avião; um renomado neurocirurgião e uma cantora bem jovem que ainda não se decidira entre o erudito e o popular — sobre os índios I., que não tinham nomes próprios. "Só na relação social ou familiar", ia dizendo a antropóloga, enquanto a cantora pontuava o que ouvia com um refrão: "Não brinca!", ao que a antropóloga respondia: "Pois sim", antes de continuar: "Os índios I. não podem ser chamados fora da relação social ou familiar. Porque não têm nomes próprios. Só podem ser conhecidos dentro de um contexto comum. Por exemplo: se um determinado indivíduo I. não sabe caçar, ele será conhecido pelos outros como Aquele Que Não Sabe Caçar. Só que disso ele não sabe". "Não brinca!" "Pois é, ele não sabe que seu nome é Aquele Que Não Sabe Caçar. Esse nome só é usado pelo resto da tribo quando querem se referir a ele, mas nunca na presença dele, nem para chamá-lo. Seu nome, para os outros, é o que o caracteriza no contexto da tribo, o que permite que se refiram a ele quando ele não está. E ele também tem um nome dentro da família, dentro de um contexto de parentesco. Por exemplo: para o avô ele é o neto, para a mãe ele é o filho, para o pai ele é o primogênito, para a irmã ele é o irmão, para o irmão mais moço ele é o mais velho, para o primo ele é o primo, para o tio ele é o sobrinho, para o sobrinho ele é o tio." "Não brinca!" "Pois é, mas ele não tem nome próprio. Só um nome de circunstância, e que ele pode nem saber qual é", ia dizendo a antropóloga quando me sentei na única cadeira que sobrava vazia ao redor daquela mesa. "O fascinante é pensar nos desdobramentos que isso pode ter na constituição da identidade", disse o neurocirurgião. "Pois é", prosseguiu a antropóloga, "o próprio sistema de comunicação lhes ensina que não podem sobreviver sozinhos, porque sozinhos eles simplesmente não existem, e não podem ter nomes." "Mas como é que fazem para chamar o sujeito fora das relações familiares?", perguntou a mãe que tinha perdido o filho no desastre de avião. "Se ele está perto, basta tocá-lo. Se está presente, mas não ao alcance da mão, podem lhe fazer um sinal, ou simplesmente dirigir-lhe a palavra, dizendo-lhe diretamente o que querem", respondeu a antropóloga em seu tom professoral que me deixou com a impressão de que talvez, no fundo, fosse um pouco burra e me deu vontade de esbofeteá-la ali mesmo, na frente do casal que tinha perdido um dos filhos no desastre de avião, na frente do famoso neurocirurgião e da cantora ainda bem jovem, que brincou: "Ou podem dizer simplesmente 'psiu'". Mas ninguém riu do aparte, além dela própria, que o havia feito, é lógico, porque não tinha mesmo muita graça. Eu podia ter simplesmente me levantado e ido embora. Se me controlei foi porque queria que a antropóloga me falasse de D., que me confirmasse seu nome, me dissesse o que sabia sobre ele. E por isso eu acompanhava o que dizia com um sorriso estático e postiço no rosto que a levava de vez em quando a olhar para mim, em deferência a tanta simpatia, sempre que, em suas explicações sobre o sistema de nomes dos índios I., sentia que algum ponto pudesse ter ficado obscuro. E por isso a certa altura começou a ilustrar o que dizia com desenhos, um gráfico exemplificando as relações de nomeação, como dizia, de um indivíduo I. dentro de sua tribo, num guardanapo de papel. Eram rabiscos que mostravam como o indivíduo I. só podia existir na relação com o grupo. E, como sozinho ele não era ninguém e não podia ter nome próprio, ela usou justamente a inicial I. para representá-lo no guardanapo de papel. Da inicial I. no meio do papel saíam várias linhas que, ao rebater em outras iniciais que por sua vez representavam a mãe, o pai, o irmão, a irmã, o tio etc., convergiam de volta sobre I. para transformá-lo em F. de filho, P. de primogênito, S. de sobrinho, e de novo I. de irmão, de forma que, no centro do guardanapo de papel, onde de início ela havia escrito a inicial I. do índio sem nome próprio, agora havia um grande borrão de letras inidentificáveis umas por cima das outras. A antropóloga deixou o guardanapo de lado, agora que não passava de uma grande mancha de rabiscos expandindo-se do centro para as bordas, quando a jovem cantora, tentando se redimir da gracinha de que ninguém além dela tinha rido, perguntou o que acontecera com a chegada dos brancos. A antropóloga, tomada por um novo enlevo explanatório, encheu os pulmões e disse que, ao chegarem, os padres começaram por dar nomes a cada um dos índios I., mas que com o tempo perceberam que os nomes cristãos com que haviam batizado os I. só eram usados nas relações com os próprios padres, porque entre eles os índios continuavam sem nome próprio, com seu próprio sistema de nomeação, ela dizia num arroubo, de forma que não percebeu quando o vento carregou o guardanapo com o borrão de rabiscos. E de repente, ainda sem que ela percebesse, também seus ouvintes, um por um, foram se levantando por causa do vento, enquanto ela seguia explicando à jovem cantora. Primeiro o neurocirurgião, depois a mulher que havia perdido o filho no desastre de avião, depois o marido e, por fim, quando a antropóloga fez uma pausa, parecendo ter chegado ao final de sua aula, a própria cantora pediu licença e partiu, deixando-nos nós dois a sós. Foi quando me virei para ela e, olhando na direção de D., que estava sentado ao lado da anfitriã a outra mesa mais adiante, perguntei se ela o conhecia.

"É uma vítima do fim do capitalismo", disse, como se falasse pela boca da irmã guerrilheira e morta, mas logo começou a rir, e eu também, aquele riso cansado que não deixava dúvidas quanto à sua identidade — que era ela mesma, a antropóloga, quem estava falando — e que contaminava quem estivesse por perto, um riso que fazia rir muito rápido até a exaustão, e passava logo. Disse que estava brincando, quando me viu arregalar os olhos, antes de começar a rir também. Viu que eu era crédulo. E por isso talvez tenha falado sem censura e contado uma história de amor onde outros tinham inventado os maiores disparates, que ele era pintor, falsário ou assassino. Algumas mulheres, por mais educadas que sejam, continuam acreditando no amor. Disse que ele não era pintor coisa nenhuma e eu arregalei de novo os olhos, entre uma gargalhada e outra: como alguém de bom senso e com um mínimo de inteligência e sensibilidade poderia pretender ser o maior paisagista do final do século xx sem uma ponta de sarcasmo? Disse que riu muito com ele sobre aquela história. Riu até não agüentar mais. "Então, ele acha graça de si mesmo?", eu perguntei, esperando a resposta de novo com os olhos arregalados. "A maior", respondeu a antropóloga, antes de ressaltar que se, no entanto, ele tinha vindo parar aqui era porque de fato estava fugindo de alguma coisa e tinha realmente ficado louco, mas não por causa da pintura, e riu de novo, mais e mais cansada do próprio riso que logo passava. Disse que ele veio para cá por causa de uma mulher. Eu arregalei os olhos. Disse que D. se apaixonou por uma moça, e ela também por ele, e que pouco antes de se casarem descobriram que ela estava condenada por uma doença incurável e rara, de cujo nome a antropóloga já não se lembrava, como os outros, sempre que eu perguntava alguma coisa mais específica, fossem datas, nomes ou lugares. D. a abandonou sem explicações, segundo a antropóloga, que já não ria e ponderava, em defesa de D., que se havia um motivo para tanto não podia ser o simples egoísmo que muitos lhe atribuíam à primeira vista, mas a loucura diante da morte, um tipo de loucura, e depois uma culpa devastadora, que só fazia aumentar a loucura. Ela dizia que os dois quase se casaram, e que na última hora ele a abandonou, e teve de repetir isso várias vezes para que eu chegasse a ver de repente na minha frente a figura da herdeira dos laticínios, e pensasse nela como a noiva abandonada com uma doença incurável e rara. De repente, passei a ver a herdeira dos laticínios sempre que a antropóloga se referia à moça que D. havia abandonado por causa de uma doença incurável e rara, e comecei a rir no que a antropóloga me acompanhou sem saber bem por que e antes de me interromper: "A história não acaba aí". Disse que D. nunca mais viu ou falou com a moça, acreditando que um dia abriria o jornal e leria o anúncio da sua morte, mas que, em vez disso, deparou-se anos depois, totalmente por acaso e para sua surpresa, com ela saudável, acompanhada de outro homem, e ao se informar descobriu que, também sem explicações, assim como ele a tinha abandonado, ela havia ficado curada, e se casado. "Foi quando ele decidiu vir para cá, para esquecer", disse a antropóloga, já sem o menor sinal de que pudesse começar a rir, esgotada, e já sem achar graça ou me acompanhar quando eu mesmo explodi numa gargalhada e perguntei quem tinha lhe contado aquela história.

"É tudo sugestão e invenção! Sei de quem você está falando!", eu exclamei, sempre rindo. Mas ela realmente não achava mais a menor graça. Contei-lhe o que A. tinha feito com a herdeira dos laticínios, a encenação perversa naquela noite em que eu saí do mosteiro pelo atalho com a caixinha das iniciais na mão, como prova da mentira que ele lhe contara e agora ela repetia a mim, como se fosse D. e a noiva abandonada com a doença incurável e rara, na verdade falando de D. e da noiva com a doença incurável e rara e não de A. e da herdeira dos laticínios quando queria me referir aos dois últimos naquela noite em E., falando como se não tivesse mais dúvidas de que A. fosse D., e a herdeira, a noiva.

"Do que você está falando?", perguntou a antropóloga, muito cansada mesmo. E eu tentei explicar, mas ela já estava rindo de novo quando cheguei ao ponto em que me daria razão, eu sei, se pudesse ouvir, já estava rindo e se levantando e pondo uma mão na boca e a outra na cintura antes de dizer "Ai, meu Deus!" e ir embora, sempre com seu riso cansado, exangue.

Me deixou sozinho na mesa. A maioria dos convidados também tinha deixado seus lugares e se agrupado perto da entrada ou no interior da casa, para onde ela saiu andando de costas, com uma mão na cintura e a outra na boca, repetindo "Ai, meu Deus!" umas três vezes e rindo. Começava a fazer frio com o cair da tarde e o vento. É sempre assim na serra. Por um instante, fiquei sem saber o que fazer, onde me enfiar. Virei-me para o outro lado, pois não queria que meu olhar cruzasse o de mais ninguém. Já não agüentava mais vê-los, agora com seus casacos de couro e seus cashmeres, que eles tinham ido buscar na casa ou nos carros no estacionamento. É incrível a rapidez com que os dias aqui podem passar do calor ao frio, eu pensei enquanto tentava não olhar para eles. E nesse instante, virado para onde ninguém estava ou olhava, vi que o neurocirurgião e a mulher que havia perdido o filho no desastre de avião também tinham sobrado no jardim, como eu, eram os únicos além de mim, só que do outro lado, longe de todos, e que estavam de mãos dadas no meio do vento. Antes que um dos dois se virasse para mim e, ao me perceber no jardim, entendesse que eu também os tinha visto de mãos dadas, o que seria demasiado constrangedor, me levantei e caminhei na direção da casa, onde estavam os outros e onde eu não queria estar. Mas agora já não tinha outra opção, porque de repente o vento frio aumentou e todo mundo também entrou correndo. Caminhando entre as mesas no jardim, tentando me defender do que voava, vi o papel amassado, na verdade uma bolinha de papel e baba de cachorro, com o poeminha borrado de L. na grama, o poeminha em que falava da mulher de braço quebrado. O vento já começava a virar as mesas quando os copeiros saíram correndo pelo jardim, fechando os guarda-sóis e retirando o que sobrara do café, e eu notei também o pedaço de papel em que o rapaz rabiscara o esquema do amor à moça que fazia uh-uh, as duas linhas paralelas de corpos e espíritos desalinhados, e também o papel amassado em que a antropóloga havia desenhado a explicação dos nomes entre os índios I., o borrão formado pelo acúmulo de iniciais, umas por cima das outras, entre guardanapos, copos, xícaras, pires e colheres que também eram atirados ao gramado pelo vento que derrubava as mesas.

Os copeiros corriam tentando recuperar o que voava quando entrei na casa e conforme fui avançando por um corredor largo e branco pude ouvir cada vez mais nítida a voz de um homem que discorria sobre o fim do capitalismo, fazendo apartes literários e dando exemplos de especulações científicas, se é que entendi do que falava. Era uma voz estridente e desgraçada, que me pareceu familiar e discorria, como um profeta, sobre o que ninguém podia ter cogitado anos antes, quando aquilo tudo já se anunciava do outro lado do planeta.

"Como os rumores da doença em *Morte em Veneza*, que o protagonista nunca sabe ao certo o que realmente significam, nós todos também ouvimos rumores sobre o fim do capitalismo mas não entendemos direito o que nos diziam." Não cheguei a vê-lo, nem a quem falava. Era apenas uma voz que ecoava pelo corredor largo e branco enquanto eu avançava, e que eu reconhecia de algum lugar. A voz de um economista, eu achei. Falava que em momento algum tinham imaginado o poder da sugestão que, como um grão indesejado, era capaz de pôr tudo a perder, iniciando um processo entrópico irreversível. Como um câncer. Era assim que ele falava: "Imaginem que o universo todo seja um corpo e que a vida seja o câncer se desenvolvendo dentro desse organismo. A vida humana e este planeta. A humanidade é o grão indesejado nesse organismo. A vida é o câncer. Somos o câncer crescendo dentro desse corpo que é o universo. A razão de não podermos entender o que é o câncer que também nos mata vem do simples fato de que nós mesmos somos o câncer. E não podemos nos entender. Ninguém pode se entender". Daí passou para a economia. Dizia que o próprio capitalismo trazia o germe da sua morte. Como a vida em geral, que era o câncer do universo. E esse germe era a sugestão, segundo ele, o que não tinha sido levado em conta por nenhum plano de ajuste econômico, por nenhuma política de contenção de despesas ou crescimento da economia, por nenhuma "medida sanativa", era assim que ele falava. Ninguém deu a devida atenção ao poder entrópico da persuasão. Por décadas se preocuparam com a luta de classes, com o comunismo. Levaram Marx a sério. E erraram. O capitalismo puro não pode existir; é uma contradição em termos. Não adianta querer fazê-lo passar por lei natural, ele dizia. O laissez-faire é um mito; o mercado livre não existe. O descontrole o destrói. Então, decidiram criar formas de controle, para que o capitalismo não mordesse o próprio rabo e engolisse a si mesmo. Tomaram medidas de controle, criaram todo tipo de convenções para que ele não se esfacelasse por si mesmo, porque não pode haver capitalismo puro, mas perderam de vista o câncer que brota das convenções, o poder das palavras. Num mundo racionalizado, onde tudo é sistema e convenção, onde aparentemente não há mais lugar para o erro e o inesperado, é a sugestão da sua morte que o mata. Era assim que ele falava, num tom professoral e ridículo: "A ciência avança por especulações, e por especulações vai criando uma nova realidade que se descortina aos nossos olhos. Não demos a devida importância à especulação. Não passamos de especulação. Um mundo de convenções em seus mínimos detalhes é como um corpo sem defesas e sem realidade. Tão frágil que basta anunciar a sua morte para matá-lo". O fim do capitalismo, ele falava assim, o poder entrópico da sugestão, a pura invencionice. E para acabar com o capitalismo bastava decretar a sua morte. Assim como os especuladores eram capazes de derrubar um país após o outro, ele agora declarava o fim do capitalismo numa casa fabulosa na serra. "O fim do capitalismo começa aqui. É essa a nossa única contribuição. Estamos na vanguarda da miséria. Saímos na frente para anunciar ao mundo o que os espera. Somos o início do fim, o começo do caos. E só estamos esperando para contaminar o resto do mundo." Aos países periféricos cabia a linha de frente na derrocada. Nós seríamos os próximos. Porque mesmo num mundo de pura sugestão, a morte continua sendo a única verdade, o que resta, o que não pode ser controlado por nenhuma razão ou sistema. "Nós seremos sempre os próximos. Assim é o início do fim. O fim do capitalismo começa aqui", repetia a voz, sem deixar claro se estava se referindo àquela sala, àquela casa, àquela região, ao país ou àquele momento do seu discurso. Era assim que ele falava com sua voz estridente e desgraçada, que eu reconhecia de algum lugar, enquanto avançava pelo corredor largo e branco, tentando imaginar o seu rosto.

Fui avançando e a voz se tornando mais nítida até eu dar naquela sala vazia onde um homem sozinho, apoiado numa mesa de bilhar com uma das mãos e segurando uma folha de papel com a outra, ensaiava o texto que, antes de vê-lo, enquanto eu avançava pelo corredor largo e branco, achei que só podia ser um discurso que fazia a um grupo de convidados. Ao vê-lo apoiado na mesa de bilhar, percebi que não era um economista como eu havia imaginado e sim um ator de televisão amigo da família, e que a voz estridente e desgraçada era apenas a entonação postiça e cômica que dava ao texto ao ensaiá-lo. Entendi de repente de onde reconhecia a voz. Era o ator brasileiro. A mesma voz que ouvi escondido entre os arbustos na noite de E. Era um mau ator. Ao me ver, sorriu e perguntou: "O que acha?". Não me conhecia. Fiquei sem palavras. Ele sorriu de novo, provavelmente da minha cara, surpreso e desconcertado que eu estava, e saiu para uma sala contígua onde a anfitriã, batendo palmas, conclamou os convidados a assistirem à leitura dramática do texto que, ao que parece, o próprio ator havia escrito, assim como o diálogo que leria em seguida. Apoiado na mesa de bilhar, sozinho, sem que ninguém me visse, eu o ouvi repetir o mesmo texto sobre o fim do capitalismo, o câncer e o universo, na sala ao lado, e depois ser aclamado pelos convidados às gargalhadas.

Quando acabou, e depois de agradecer os aplausos, o ator estendeu o braço na direção da anfitriã, que se levantou e veio se juntar a ele, confiante em si, sorrindo, ela também com uma folha de papel na mão. Ele explicou que o que os dois, a anfitriã e ele, leriam em seguida, assim como o texto que acabaram de ouvir, era de sua autoria. Agora, tratava-se de um diálogo entre Santa F. e Deus, e antes mesmo que pudessem começar a leitura, parte do grupo de ouvintes já tinha caído na gargalhada, um riso nervoso que, mais do que antecipar o que estava por vir, parecia querer evitá-lo. O ator explicou que, naquela cena, Santa F. perguntava a Deus por que não varria o suicídio da face da Terra, que o suicídio punha em dúvida a Sua própria possibilidade, e foi o que a anfitriã leu, na pele da santa, perguntou a Deus por quê, alegando que o suicídio punha em dúvida a Sua existência, e como ela podia defender a existência do Criador se tanta gente continuava se matando a sua volta. A anfitriã disse: "Mestre, por quê, por quê? Mestre, como posso defender-Te? Como posso provar-Te se os que me rodeiam continuam a roubar-Te suas vidas?". O ator tomou a palavra, na pele de Deus, e disse que "Podes controlar a vida de uma pessoa, tomar todos os cuidados, mas em algum momento ela estará necessariamente só, e nesse momento nada poderá impedi-la de se matar", mas dessa vez ninguém riu.

Continuei caminhando pelo corredor, passei pela sala onde o ator e a anfitriã liam o diálogo diante de uma platéia de cerca de trinta pessoas, vi o neurocirurgião e a mulher que havia perdido o filho no desastre, ao fundo, e do outro lado a antropóloga e L., bêbado, e sem que ninguém me visse, aos poucos, conforme me afastava da voz estridente e desgraçada do ator, tive a impressão de que era D. quem falava numa outra sala mais adiante.

Fui me aproximando do grupo no canto. Ele estava sentado numa das três poltronas, enquanto duas mulheres nas outras duas, também de madeira crua, acompanhavam interessadíssimas a sua história. Ele não parava de falar, e os outros ouviam em silêncio. Os três homens e a mulher sentados no sofá nem se mexiam. De longe, como não dava para ouvir o que estava dizendo, mas apenas o som daquela voz que eu tinha ouvido pela primeira vez em E., a cena estática poderia lembrar uma fotografia se não fosse pelos eventuais movimentos dele. Eram gestos ainda assim muito discretos, o suficiente para salientar uma passagem do que dizia, ou reflexos de um raríssimo arrebatamento. Fui me aproximando e vendo aquele que tantos anos antes já havia roubado a minha atenção, e marcado involuntariamente o fim de uma época na minha vida, mais uma etapa da desilusão, como eu disse. O único que devia saber o significado das iniciais. Fui me aproximando e vendo a cada passo como seu rosto tinha mudado, agora que se chamava D., até parecia outro. Aquele que ninguém sabia quem era, o mais sozinho de todos. E enquanto me aproximava lembrei do que havia dito a antropóloga sobre os índios I., que não tinham nome a não ser na boca dos outros, e pensei nele enquanto me aproximava, que privado de um nome próprio, de que tinha abdicado sem que ninguém ali soubesse além de mim, também só existia no que contavam dele — e que era sempre diferente. Aquele rosto tão diferente, que tinha mudado com o nome, agora que se chamava de outra forma. Fui me aproximando daquele que me marcou para sempre e que eu reconheci sem que ele me reconhecesse. A mulher no sofá deixou a mão cair e tocar a perna dele sem que nenhum dos outros percebesse além de mim, que me aproximava. Agora já podia entender o que dizia com seu sotaque: "Encontrei o aborígine numa das minhas viagens, numa estrada no meio do deserto australiano. Estava pedindo carona. Estava indo para Yulara. Disse que estava refazendo o caminho dos seus ancestrais. Era um rapaz de trinta e poucos anos, completamente ocidentalizado. Falava um inglês cosmopolita. Passamos três dias juntos. Ele não tinha bagagem além de uma mochila que levava nas costas. Nunca se separava da mochila que, sempre que sacolejava, fosse pelos buracos da estrada fosse nas costas do rapaz, quando descíamos do carro, à noite, para fazer uma fogueira, produzia o som de um chocalho. Pelos três dias que passamos juntos, dormindo ao relento ou no carro, eu ouvi com a maior curiosidade e sem ousar perguntar o que continha, o barulho daquela mochila, a única bagagem daquele rapaz solitário vagando pelo deserto australiano. Pela manhã, à tarde ou à noite, sempre o mesmo chocalho. Perguntei o que o tinha levado ao centro do deserto australiano. Perguntei quantos anos tinha. Perguntei sua profissão. Perguntei se era casado. Perguntei de onde eram seus pais. Perguntei se não tinha medo. E por que viajava só. Mas em momento algum ousei perguntar sobre o que continha a mochila. Como se previsse. E na terceira noite, como que sentindo que a pergunta acabaria sendo feita, e se adiantando a ela, depois de termos comido, enquanto eu me preparava para dormir, ele que tinha feito com discrição, sem que eu pudesse perceber, provavelmente nas minhas horas de sono, aquela mesma cerimônia nas noites e nas manhãs anteriores, como fazia todas as manhãs e noites de sua vida e teria de fazer pelo resto de seus dias, como condição para continuar vivo, abriu a mochila e começou a tirar vários frascos plásticos e de dentro deles várias pílulas que ia colocando num outro frasco menor antes de engoli-las todas, com o auxílio de um copo d'água, em duas vezes, virando o pequeno frasco como se fosse uma lata de amendoins. Fez tudo com a maior naturalidade, na minha frente, e ficou esperando a pergunta que eu não fiz. Me fitou por um instante, pronto para responder, e eu tive de desviar o olhar. Na manhã seguinte, ele repetiu o mesmo ritual do coquetel de remédios, e por volta do meio-dia, quando já estávamos a alguns quilômetros de Docker River, me pediu para deixá-lo ali, no meio do deserto. Parei. Ele saltou do carro e eu o vi, tão jovem e sozinho, mas ao mesmo tempo sem nenhuma tristeza aparente, simplesmente resignado, afastando-se, com a mochila nas costas, e os remédios de que precisava para se manter vivo. Ainda hoje ouço o som das pílulas sacudindo dentro dos frascos de plástico, ecoando na minha cabeça e no meio do deserto como um chocalho".

A mulher na ponta do sofá passou nos olhos uma das mãos, a que antes tinha caído roçando a perna dele. Um dos homens no sofá perguntou: "Você não teve medo?".

"De quê?", perguntou uma outra, adiantando-se à resposta de D.

"De que ele contaminasse você. Que de alguma forma se vingasse do que a vida fez a ele."

A pergunta ficou sem resposta, porque nesse instante eu que me aproximava, em vez de me confrontar diretamente com ele e perguntar: "O que querem dizer as iniciais?", em vez de dizer "Você está aqui por causa das iniciais, não é? Diga logo o que querem dizer. Não está fugindo de nada, não é? Nem da loucura, nem da pintura, nem do crime, nem do amor, não é? Veio só por causa das iniciais, não é? Para me contar finalmente o que querem dizer. Estou esperando há anos. Vamos, diga logo o que querem dizer as iniciais. E se são para mim", um pouco louco, que era só o que eu sempre quis saber, em vez disso, eu lhes contei a história do jantar em E. Pus a mão no bolso e apertei a caixinha com as iniciais que, onde quer que eu esteja e aonde quer que eu vá, por toda parte e para sempre no meu bolso, ainda hoje trago comigo. Comecei: "Em agosto de 19...". Contei toda a história daquela noite, do meu ponto de vista, é lógico, e pouco ligando para o que podiam pensar os outros, antes de lhe fazer por fim a única pergunta que me interessava, e que deixei de fazer logo de início, preferindo contar primeiro toda a história do jantar em E., a história de A., que era D., do meu ponto de vista, é lógico, a única pergunta pertinente, a última no meio de todas as idiotices da tarde.

ESTA OBRA, COMPOSTA PELO ESTÚDIO
O.L.M. EM GARAMOND, TEVE SEUS FILMES
GERADOS NO BUREAU 34 E FOI IMPRESSA
PELA GEOGRÁFICA EM OFF-SET SOBRE
PAPEL PÓLEN BOLD DA COMPANHIA SU-
ZANO PARA A EDITORA SCHWARCZ EM
SETEMBRO DE 1999.